AF145365

Unter dem Titel „Aufgesammeltes" sind Geschichten, Seemannsgarn und Landläufiges, wie sie das Leben schrieb, zusammengefasst. Entziffert, in Form gebracht und aufgeschrieben von Hermann Ays.
Der Bogen spannt sich von der Seefahrergeschichte über Beschauliches, Erinnerungen an vergangene Zeiten, Krankheiten bis zu den kleinen, alltäglichen Widrigkeiten, mit denen sich jeder von Zeit zu Zeit herumschlagen muss.

Der Autor
Hermann Ays stammt aus Baden-Württemberg, fuhr ein Vierteljahrhundert zur See und ging 1991 in Spanien an Land. Seit sieben Jahren lebt er als Rentner in Hamburg
Hermann Ays ist seit 1990 mit der Autorin Gisela Seeger-Ays verheiratet.

<Hermann-Ays-Hamburg.de>

Hermann Ays

Aufgesammeltes

Geschichten

August 2013
Herstellung und Verlag: Books on Demand GmbH,
Norderstedt
ISBN-9 783732233908

Inhalt

Martina für ihren Einsatz als Lektorin gewidmet.

01. Der Fleischskandal
Eine unendliche Geschichte?.

Man schreibt das Jahr 2020 und alles ist anders – das heißt, im Prinzip hat sich nichts geändert. Die Fleischmafia, seit Jahren im Untergrund tätig, ist entgegen den Versicherungen der Politiker noch fix am Leben. Immer wieder kochen Lebensmittelskandale hoch. Und die Politik, seit Jahren führend die Konservativen, erschöpft sich in blindem Aktionismus. Immer wieder werden irgendwelche Aktionspläne entworfen, Arbeitsgruppen mit so genannten Fachleuten installiert. Das Heer der Lobbyisten auf der Lohnliste von Lebensmittel- und Agrarindustrie rotiert und verhindert jeden ernsthaften Fortschritt.

Einen Höhepunkt bildete das Jahr 2012, als in Fertigprodukten aller Supermarktketten illegal verarbeitetes Pferdefleisch auftauchte. Dem Laien konnte schon bei der Sprache der Appetit vergehen. Das gute alte Hackfleisch wurde zu in Tonnen gehandeltem, tiefgefrorenem „Granulat", das immer wieder durch ganz Europa gekarrt wurde.

Hier war auch wohl das Einfallstor für die Aktionen der kriminellen Fleischmafia in das System. Hier wurde als Rindfleisch deklariertes Pferdefleisch eingeschleust. Der Antrieb für solche Machenschaften war natürlich der mögliche Profit. Pferdefleisch kostete damals ein Drittel des Rindfleisches.

Inzwischen drehte sich das Rad noch schneller und das ganze System war noch schwerer zu kontrollieren. Weitere Lebensmittel waren ähnlich betroffen – zum Beispiel Fisch. Die Kreativen in den Forschungslaboren der Hersteller von Fertigprodukten machten Überstunden.

Der Anteil der industriell hergestellten Lebensmittel war weltweit gestiegen. Und den Hungrigen war es vermutlich ziemlich gleichgültig aus welchen Zutaten ihre Mahlzeit ursprünglich bestanden hatte – Hauptsache sie konnten das Essen bezahlen und wurden satt…

Weil die Lage nun einmal so war, wie sie war, kam Heinz, ein findiger Kopf in Sachen Computer, ein so genannter „Nerd" auf die Idee einen einfachen Automaten mit kompliziertem Innenleben zu entwickeln, der Fleisch in Sekundenbruchteilen identifizieren konnte.

Als kleinen Clou programmierte er das Gerät auch noch so, dass es, je nach der Herkunft des Fleisches, die Laute des entsprechenden Tieres von sich gab. Das bedeutete, fand das Gerät Rindfleisch, erklang das laute „Muhhh" einer Kuh, bei Ziegenfleisch wurde gemeckert, bei Hammel geblökt. Hühnerfleisch machte sich mit einem lustigen „Kikerikii" bemerkbar.

Unser Erfinder war allerdings ziemlich verdattert, als er, nach zahlreichen erfolgreichen Versuchen, zum ersten Mal der Maschine etwas von seinem geliebten Fleischsalat vorlegte und ihn offensichtlich ein Schäferhund anbellte…

02. Das schöne Mädchen von La Ceiba

Sorea war wirklich das schönste Mädchen in der großen Stadt La Ceiba. Sie hatte eine Ausstrahlung, die nicht nur Männer sondern auch Frauen beeindruckte. Viele junge Frauen wollten sein wie sie. Unter anderem trat die junge Frau als GoGo-Girl in der Diskothek „El Kairo", dem angesagtesten Schuppen in La Ceiba, einem Bananenhafen in der Karibik an der hondurianischen Küste, auf. Die Disco „El Kairo" war auch bei den Seeleuten der Bananenfrachter recht beliebt. Seeleute sprachen allerdings nie von Bananenfrachtern sondern nur von „Bananenjägern", weil diese Schiffe wesentliche schneller fuhren als die anderen Frachter.

Auf der „Ahrensburg", einem „Bananenjäger" der Reederei Harald Schuldt, war man bester Laune. Die Werftzeit war zu Ende und man fuhr zurück in die Karibik. Die „Ahrensburg" war an die amerikanische Bananengesellschaft „United Fruit" für die Route von La Ceiba in Honduras nach Gulfport in der Nähe von New Orleans verchartert worden.

Zwei Wochen hatte man bei Blohm und Voss in Hamburg in der Werft gelegen. Die „Ahrensburg" wurde gedockt, erhielt einen neuen Unterwasseranstrich und machte „Klasse", das heißt der Germanische Lloyd, eine Klassifikationsgesellschaft, untersuchte das Schiff. Den Klassifikationsgesellschaften für die Schiffe entspricht an Land der TÜV für die Autos. Überall stolperte man über Kabel und Leitungen oder irgendwelche Werftarbeiter, „Werftgrantis" genannt, die sich am Schiff zu schaffen machten.

Alle an Bord waren heilfroh, als es endlich wieder los ging und dann noch in die Karibik. Vor allem die Kollegen aus Mittelamerika freuten sich. Für sie ging es wieder nach Hause.

In der Mannschaftsmesse war La Ceiba das große Thema. Der Scheich, der Bootsmann, kannte nichts anderes. Er war schwer in die schöne Sorea verliebt. Jedem der Kollegen schwärmte er von seiner Angebeteten vor. Er sprach schon von Heirat und wie er berichtete, schickte er ihr auch seit Monaten einen „Ziehschein", das heißt die schöne Sorea bekam von ihrem Verehrer jeden Monat eine feste Summe.

Selbst gutmütige Kollegen wunderten sich leicht. Der verliebte Scheich war nämlich schon etwas in die Jahre gekommen. Er hatte die Vierzig überschritten und war körperlich auch nicht mehr in der besten Verfassung. Die täglichen Flaschen Bier hatten einen beachtlichen Bauch hinterlassen.

Na ja, wie sagt man so schön: Liebe macht blind...

Auf jeden Fall freuten sich alle nach La Ceiba zurück zu kommen. Zahlreich waren die Verbindungen dorthin. Der zweite Maschinist und ein Matrose waren in La Ceiba verheiratet und hatten dort eine Familie. Ein Teil der Besatzung waren Einheimische. Ein Matrose aus La Ceiba hatte auch seine Frau nach Deutschland mitnehmen können. So war die Stadt in aller Munde.

La Ceiba war eine Stadt mit etwa 60.000 Einwohnern. Der Hafen bestand aus einer hölzernen Pier mit gerade zwei Liegeplätzen für „Bananenjäger". Die Bananen wurden per Eisenbahn mit uralten Wagen herangekarrt. Die Verhältnisse konnte man damals, Anfang der 70er Jahre des vergangenen Jahrhunderts, aus europäischer Sicht nur als mittlere Katastrophe bezeichnen. Sechzig Prozent der Stadt, darunter die großen Hotels und andere lukrative Institutionen, zum Beispiel das örtliche Gefängnis, gehörten der Familie de La Rosa. Die Familie de la Rosa führte ihren Stammbaum auf einen spanischen Conquista zurück, der hier gestrandet war. Die Korruption war allgegenwärtig.

Zu dem Gefängnis hatte so mancher der Besatzung ein innigeres Verhältnis. Das Risiko zu einem kleinen Aufenthalt gezwungen zu werden, war relativ groß. Es reichte unter Umständen „leicht" angetrunken einem Polizisten zu begegnen, der gerade Geld brauchte – zack, ehe man sich versah, gab's „gesiebte Luft" und der Alte durfte am nächsten Morgen antanzen und den armen Sünder mit einer kleineren Geldsumme auslösen. Praktischerweise lag das Gefängnis gleich neben der Pier.

Aber das Ganze war nicht zum spaßen. Wie einer der aus La Ceiba stammenden Kollegen berichtete, war ein Cousin von ihm bei einer Auseinandersetzung ums Leben gekommen. Die Polizei hatte den Täter gefasst und in den Knast gesteckt. Die Familie des Täters versuchte verzweifelt das Geld aufzutreiben, um ihn aus dem Knast frei zu kaufen.

Die Familie des Opfers ihrerseits wartete nun hingegen darauf, dass der Übeltäter frei kam, um ihn ihrerseits umzubringen. Vermutlich blieb dem armen Sünder nur, sich nach den „Estados Unidos", den USA, abzusetzen und dort sein Dasein als Illegaler zu fristen.

Die Gewaltätigkeit der Polizei war erschreckend und allgegenwärtig. So wurde eine Gruppe Seeleute der „Ahrensburg" Zeugen, wie ein Mann aus nichtigem Anlass erschossen wurde.

Es war ein später Abend, als die Polizei offensichtlich eine Razzia veranstaltete. Große Polizeiwagen mit blauen Blinklichtern standen vor einem kleinen Lokal in einem Armenviertel, einem Viertel der Schwarzen. An der Wand standen drei farbige Männer mit auf den Rücken gefesselten Händen, die Gesichter zur Wand gerichtet. Im Abstand von etwa drei bis vier Meter standen einige Polizisten.

Plötzlich drehte sich einer der gefesselten Männer um und lief weg. Anstatt dem Flüchtigen zu folgen, zog der Chef der Gruppe, ein Polizist mit einem gewaltigem Bauch und tief sitzendem Gürtel die Pistole und schoss auf den Flüchtigen. Der wurde getroffen und fiel auf die Straße. Einer der Polizisten sprach in sein Walkie-Talkie. Keiner ging zu dem Angeschossenen. Etwa zehn Minuten später erschien eine Ambulanz und packte den Verletzten ein. Er starb am nächsten Tag im Krankenhaus. Wie man hörte, die Tante eines Seemanns auf der „Ahrensburg" arbeitete im Krankenhaus, soll die Kugel die Niere getroffen haben…

Überhaupt die Hautfarbe. Wie die einheimischen Kollegen, als auch Seeleute, die schon länger in der Gegend lebten, berichteten, war das soziale Prestige stark von der Hautfarbe abhängig – je heller, desto angesehener. Auf der untersten Stufe standen die dunkelhäutigen Menschen.

Doch zurück zu unserem Scheich. Je näher das Schiff an seinen Bestimmungsort kam, desto nervöser wurde er. Irgendwann war es dann soweit. Der Lotse kam mit einem kleinen Holzboot an Bord und brachte die „Ahrensburg" sicher an die Pier. Das Festmachen war etwas schwierig. Es stand Schwell an der Pier. Das bedeutete, das Schiff arbeitete ziemlich heftig und musste mit schweren Drähten von Land festgemacht werden. Die eigenen Festmacherleinen hätten den durch die Bewegungen auftretenden Kräften nicht lange standgehalten.

Außerdem musste das Ladegeschirr klar gemacht und die Luken geöffnet werden und als dann die ersten Kartons mit Bananen an Bord kamen, konnte der Scheich endlich an Land gehen. Er war etwas nervös, denn seine schöne Sorea hatte ihn nicht, wie sonst, an der Pier erwartet.

Spät abends kam der Scheich zurück, abgefüllt und mit ziemlich ramponiertem, weißen Anzug. Der Matrose auf Nachwache musste ihm noch die Gangway hoch helfen. Ohne ein Wort verschwand er in seiner Kammer.

Am nächsten Morgen berichtete er beim Frühstück in der Messe von seinem Schicksal. Seine Sorea war nicht mehr aufzufinden gewesen. Durch Nachfragen bei Familie und Nachbarn erfuhr er Näheres. Seine Sorea hatte tatsächlich geheiratet, aber nicht ihn. Sie hatte einen jungen englischen Steuermann von einem anderen „Bananenjäger" geheiratet und war mit ihm nach England geflogen. Was ihn tröstete war die Tatsache, dass er nicht der einzige Betrogene war. Sorea hatte insgesamt fünf Seeleuten die Ehe versprochen und jeden Monat fünf Ziehscheine kassiert...

03. Die Äquatortaufe

Zu den fast vergessenen Bräuchen kann man mit Fug und Recht die Äquatortaufe zählen. Sie hat heute als Abklatsch des Originals auf Passagierschiffen zur Unterhaltung der Passagiere überlebt. Es ist noch nicht lange her, dass die Äquatortaufe auf den Frachtschiffen obligatorisch praktiziert wurde. Dabei handelte es sich nicht nur um einen Initiationsritus, der nach traditionellen Regeln ablief, sondern auch um eine willkommene Unterbrechung der täglichen Routine auf dem langen Seeturn.. Ein Seemann sollte „getauft" sein.

Die Äquatortaufe könnte auf das 15.Jahrhundert zurückgehen, als die Portugiesen den Seeweg nach Indien entlang der westafrikanischen Küste suchten. Ab 1416 organisierte Heinrich der Seefahrer, der vierte Sohn des portugiesischen König Johann I. die Erforschung der afrikanischen Westküste. König wurde er nie, nicht einmal der Titel „großer christlicher Ritter", auf den er Wert gelegt hatte, war ihm vergönnt.

Heinrich löste sich von den mittelalterlichen Vorstellungen und organisierte das Seefahrtswesen neu. Er ließ modernere Schiffe entwickeln, gründete eine Seefahrtsschule und befahl seinen Kapitänen neue Ziele. 1434 segelte Kapitän Gil Eanes im Auftrag von Heinrich dem Seefahrer am Kap Bojador im heutigen Marokko vorbei nach Süden. Kap Bojador war bis dahin der südlichste Punkt, den die Portugiesen erreicht hatten. Nicht nur die abergläubischen Seeleute, sondern auch die Zeitgenossen vermuteten hinter Kap Bojador das Ende der Welt, den Eingang in das Reich der Finsternis, aus dem es keine Rückkehr gäbe. Man glaubte die Äquatorregion sei zu heiß, als dass man sie durchqueren könnte.

In dieser Zeit wurzelt wohl der Ablauf der Äquatortaufe mit dem zahlreichen Personal. Bei diesem gefährlichen Thema lohnte es sich, viele Amtsträger zu engagieren um die Herrschaften in der anderen Welt nicht zu verprellen.

So manche dieser Vorstellungen hielten bis in unsere Tage. Die Tradition von der See als Person zu sprechen, war bis vor Kurzem bei den Seeleuten noch weit verbreitet. Vor allem die älteren Seeleute sprachen bei „Schlechtwetter" von „Rasmus", der außenbords herumtollt... Oder die Tradition den Donnerstag besonders zu begehen. Donnerstag war „Seemannssonntag", da gab es zum Frühstück Spiegeleier und zum Kaffee um drei Uhr nachmittags backte der Koch einen Butterkuchen.

Mit dem Verschwinden der konventionellen Frachter und Matrosen und deren Ersatz durch Containerschiffe und Filipinos versanken viele Bräuche und Vorstellungen in den Schatten der Vergangenheit.

Doch zurück zur Äquatortaufe:

Der Ablauf war kompliziert und die Darsteller wurden aus den Besatzungsmitgliedern ausgewählt. Voraussetzung war natürlich, dass sie selbst schon getauft waren und einen Taufschein vorweisen konnten.

Am Tag vor der Äquatorquerung erschien „Triton", der Sohn des Meeresgottes „Neptun", in Begleitung von zwei schwarzen Gestalten in Baströckchen, genannt die „Wilden" und zwei als Polizisten aufgetakelte Matrosen. Tritons Aufgabe war es Täuflinge ausfindig zu machen und die Taufe für den nächsten Tag anzukündigen. Er ordnete an, dass diese Herrschaften mit Sonnenaufgang in ein Gefängnis gesperrt werden, bis Neptun persönlich erscheinen würde, um die Taufe vorzunehmen.

Am nächsten Morgen kamen nach dem Frühstück drei schwarze Wilde in Baströckchen, begleitet von zwei Polizisten in die Messe, dem Aufenthalts- und Speiseraum der Besatzung.

Es gab an Bord eine Mannschafts- und eine Offiziersmesse. Der Kapitän residierte zusammen mit dem 1. Offizier, seinem Stellvertreter und dem Chief, dem Leiter der Maschinenanlage, im Salon.

Die Gruppe griff sich die Täuflinge, sechs an der Zahl und geleitete sie zum improvisierten Gefängnis, einem Deckshaus zwischen den Luken vier und fünf. Die Luken vier und fünf lagen hinter den Aufbauten mittschiffs. Hier hatte man auch das improvisierte Schwimmbad auf Backbordseite aufgebaut, denn das Deck neben den Luken wurde auf dieser Reise nicht für Deckslast gebraucht.

Das Deckshaus war ein viereckiger Kasten, etwa 3 Meter hoch, auf dem sich Ladewinden, Laderaumlüfter und Kontrollstände für die Winden befanden. In der Mitte führte der Mast für die Ladebäume durch das Deckshaus. Es war in verschiedene Räume, Schapps genannt, geteilt. Diese Räume hatten jeder eine eigene Tür zum Deck hin und dienten als Stauräume für Reservedrähte des Ladegeschirrs oder anderer Materialien. Ein Schapp war auch den Schaltschränken der elektrischen Ladewinden vorbehalten. Auch die Eingänge in die Luken befanden sich im Innern der Deckshäuser.

In ein solches Schapp sperrte man die Täuflinge. Hier durften sie erst einmal schmoren. Die Sonne stand schon ziemlich hoch und da heizte sich das Deckshaus ganz schön auf, so 40-50 Grad werden es schon gewesen sein. Damit ihnen nicht langweilig wurde und sie sich des Ernstes der Situation auch bewusst waren, schleppten zwei Matrosen noch eine elektrische Rostmaschine die Leiter hinauf auf das Deckshaus. So eine Rostmaschine bestand aus einem elektrischen Motor, einer flexiblen Welle und am Ende der Welle, dem Kopf. Der Kopf bestand aus einer Schutzabdeckung und zwischen zwei runden Scheiben auf Achsen lose angeordneten Sternen aus Gusseisen. Wurde die Konstruktion nun in Drehung versetzt, knallten die Sterne auf das stählerne Deck. Das Ganze machte natürlich einen Höllenlärm.

Das Tuten des großen Typhons kündete eine Stunde später die Ankunft Neptuns an. Die Täuflinge durften ihr Gefängnis verlassen. Halb taub stolperten sie an Deck.

Neptun war nicht allein gekommen. Er hatte seine Tochter „Thetis", den „Pastor" und den „Doktor" mitgebracht. Die Vier nahmen am achteren Schott (hintere Wand) der Mittschiffsaufbauten an Backbordseite auf bequemen Stühlen mit Armlehnen aus der Offiziersmesse Platz.

Die Polizisten geleiteten die leicht ramponierten Täuflinge vor Neptun und sein Gefolge.

Neptun trug eine Art weiße Toga, vermutlich ursprünglich ein weißes Leintuch. Auf dem Kopf hatte er eine Art goldene Krone aus Messingblech und in der linken Hand hielt er einen Speer mit drei Zacken.

Neptun erhob sich voller Würde und hielt eine kleine Ansprache an die Täuflinge, die mit dem Satz, „Wer in Gehorsam hier nicht zittert, der wird von mir schwer angewittert, so ist es Brauch von alters her, Ich, Herrscher übers weite Meer:"

Als nächstes hatte der Pastor seinen Auftritt. In seiner dunkelblauen Uniform, eigentlich fuhr er als 2.Offizier und hatte an einer seiner alten Uniformen die Abzeichen entfernt, machte er einen würdigen Eindruck. Er hielt eine kurze Predigt, in der er die Täuflinge anhielt, sich anständiger zu benehmen und das sauer verdiente Geld nicht im nächsten Hafen gleich an Land zu tragen. Auch sollten sie sich mit dem Alkohol etwas zurück zu halten.

Uniformen waren an Bord noch etwas Selbstverständliches. Schließlich mussten im Hafen die zahlreichen Schauerleute wissen, wen sie vor sich hatten.

Als nächstes mussten die Täuflinge Thetis, der Tochter Neptuns, ihre Aufwartung machen. Die Rolle der Thetis fiel dem etwas klein gewachsenen Kochsmaaten zu, dem man eine blonde Perücke aus Sisalfasern verpasst hatte.

Tauwerk aus Sisal-Fasern wurde auf den alten Frachtern viel verwendet, hauptsächlich um leichtere Kollis (Kisten und Kasten) und Autos zu laschen (anbinden). Es ließ sich gut mit dem Decksmesser durchschneiden und leicht verknoten. Außerdem war es unempfindlich gegen Feuchtigkeit im Gegensatz zu Tauwerk aus Manila-Fasern, das bei Nässe gleich steif wurde. Sisal wurde auch den Leinen aus Kunststoff vorgezogen, weil der Kunststoff unter Last ein Reck (Ausdehnung) von über 50% aufweisen kann.

Doch zurück zur Taufe. Der Täufling musste Thetis den Fuß küssen. Das Problem war nur, dass man Thetis einen stinkenden Hering auf den Fuß gebunden hatte. Näherte sich der Täufling mit dem Gesicht dem Fuß, knallte ihm Thetis den Fuß mit dem Hering voll ins Gesicht.

Bevor der Täufling sich erholen konnte, zerrten ihn die Wilden im Baströckchen zum Doktor. Die Rolle des Doktors hatte der Funker übernommen. Als Zeichen seiner neuen Würde hatte er sich beim Koch eine weiße Kochjacke ausgeliehen. Die Jacke war ihm etwas zu groß, der Koch war mindestens doppelt so stämmig, wie der magere Funker und deshalb schlotterte die zu große Jacke gewaltig um den dünnen Mann.

Der Doktor stellte die Diagnose „Nordhalbkugelkrankheit" und hatte auch gleich ein Mittel dagegen, eine knödelgroße Pille. Die Dinger hatte der Koch in der Kombüse angefertigt und dabei nichts ausgelassen, was scharf und ätzend war.

Der erste Patient wurde von den Polizisten gezwungen den Mund aufzumachen und die Pille ihm in den Mund geschoben. Der Täufling wechselte die Farbe im Gesicht von rot auf blass und verdrehte die Augen, was die Herren aber nicht sonderlich beeindruckte. Er wankte an die Verschanzung und spuckte die „Medizin" wieder aus. Die anderen fünf Täuflinge waren zäher und ließen sich nichts anmerken. Schließlich war die Äquatortaufe ein wichtiges Ereignis, das man nur einmal im Leben durchstehen musste – außer der Taufschein ging verloren. Jeder setzte seinen ganzen Ehrgeiz dafür ein, das Theater möglichst unbeeindruckt zu überstehen.

Weiter ging's zur nächsten Station, zum Friseur. Der Täufling verlor einige Haarsträhnen und wurde mit einem Messer aus Holz rasiert. Auch die Zähne wurden nicht vergessen. Senf der Sorte „Löwensenf extra stark" dient als Zahnpasta. Die Polizisten und die Wilden passten auf, dass die Behandlung auch sorgfältig durchgeführt wurde.

Als Nächstes stand die Reinigung der Täuflinge auf dem Programm, denn die bisherige Behandlung hatte ihre Spuren hinterlassen. An jeder Station wurden sie aus Prinzip mit schwarzem Schlamm aus dem Maschinenraum, die Insider vermuteten Schlamm aus den Separatoren, ziemlich das Schmutzigste, das an Bord zu finden war, großzügig bedacht. An jeder Station stand ein Eimer mit dem Zeug, aus dem die Polizisten mit einem Quast großzügig austeilten.

Es ging zu dem improvisierten Schwimmbecken, einem mit Seewasser gefüllten gut zwei Meter hohen Kasten. Der Täufling wurde von den Wilden über eine Leiter hinein bugsiert. Im Becken wurde er schon von den Polizisten erwartet. Ohne Vorwarnung stürzten die sich auf den Täufling und drückten ihn unter Wasser. Als sein wildes Gezappel matter wurde, ließ man ihn kurz an die Oberfläche zum Luft schnappen. Der Größte der Polizisten fragt ihn lauernd: „Wieviel?" Er meinte natürlich Kisten Bier – schließlich war der Job anstrengend und machte durstig.

Der erste Täufling war noch widerborstig. „Eine Flasche" und erntete empörtes Geheul aller Hauptamtlichen. Sofort war er wieder unter der Wasseroberfläche. Als er wieder hochkam, krächzt er: „Eine Kiste…" – „Was?" und schon war er wieder unter Wasser. Bei vier Kisten erbarmten sich die Polizisten des Armen und zusammen mit den Wilden bugsierten sie den Täufling aus dem Swimming-Pool und schleiften ihn an die Verschanzung. Dort erholte er sich langsam.

Waren alle Täuflinge durch, also vom Schmutz der Nordhalbkugel gereinigt, kam noch die Passage des Windsacks. Der Windsack war eine Röhre aus Segeltuch, gut 15 Meter lang, die alle Meter mit einem eisernen Ring ausgesteift wurde. An jedem der beiden Öffnungen stand ein Matrose, der mit einem Feuerwehrschlauch Seewasser in den Windsack spritzte.

Hier musste jeder Täufling durch. Ging es nicht so richtig voran, beziehungsweise stoppte der Täufling in der Röhre, half ein Polizist mit einem kräftigen Hieb mit einem Tauende nach. Das wirkte immer... Total geschafft kroch der arme Täufling am anderen Ende aus dem verdammten Windsack.

Waren alle durch, dürfen sich die frisch Getauften erst einmal erholen. Jeder erhielt eine Flasche Bier gegen den Durst und damit sie wieder zu Kräften kamen. Hatten sich alle gestärkt, durften sie vor Neptun antreten.

Mit einem kleinen Reim überreichte Neptun die Taufurkunde. Doch vorher war noch eine weitere Hürde eingebaut. Der Getaufte musste sich seinen neuen Taufnamen merken, den Neptun absichtlich vor sich hin nuschelte. Derjenige Täufling, der den Namen nicht verstand, musste zusätzlich Getränke spendieren...

War dies alles vollbracht, erhielt der Täufling die Taufurkunde.

Während des ganzen Vorgangs stand der Kapitän auf dem Bootsdeck, zwei Decks über dem Hauptdeck und behielt das Theater im Auge, um im Notfall eingreifen zu können.

Die Äquatortaufe wurde natürlich mit einem gewaltigen Fest abgeschlossen. Auf der Brücke und in der Maschine stand nur die Notbesetzung auf Wache. Außer dem Kapitän waren wenigstens der Nautiker auf der Brücke und der Ingenieur im „Keller" einigermaßen nüchtern.

Der Rest der Besatzung widmete sich der Vernichtung der gespendeten Getränke. In glänzender Laune schleppten sich die Letzten in der beginnenden Morgendämmerung zurück in ihre Kammern. Am nächsten Tag waren sich alle Beteiligten einig, ob Hauptamtliche oder Täuflinge, das war mal wieder eine schöne, geglückte Äquatortaufe. Besonders stolz war natürlich der Täufling, der es gewagt hatte, im Swimmingpool den Polizisten eine Flasche, statt der üblichen Kiste Bier anzubieten...

Die gewisse Härte, ja Brutalität mit der die Veranstaltung durchgeführt wurde, resultierte vermutlich aus der langen Tradition.

Es gibt eine Darstellung, eine kolorierte Zeichnung einer Äquatortaufe aus dem Jahre 1820 auf einem großen Segelschiff von Franz Josef Frühbeck. Das Personal ist wohlbekannt: Polizist mit „Zweispitz", Neptun mit Dreizack, Thetis, der Doktor, die Wilden im Baströckchen, der Pastor und der Barbier (Friseur). Außerdem ist noch eine schwarze Gestalt mit Hörnern am Kopf und einem langen Schwanz dargestellt, der über einen Täufling herfällt, vermutlich der Teufel…. Auch ein großer, hölzerner Zuber zwecks Reinigung der Täuflinge ist vorhanden.

In einer größeren Tür im achteren Aufbau steht ein offensichtlich wichtiger Mann, flankiert von einem stramm stehenden Soldaten mit einer Flinte. Möglicherweise handelt es sich dabei um den Kapitän des Schiffes, der den Vorgang persönlich überwacht.

Einige angetrunkene Gestalten zeigen, dass auch damals dem Alkohol recht fleißig zugesprochen wurde.

04. Letzte Woche im Tatoo-Studio

Viele Jahre lang war in Heinz der Entschluss gereift, eine neue Tätowierung sollte her. Nur für ein passendes Motiv konnte er sich nicht entscheiden. Da ereilte ihn ein Geistesblitz, Kreuz, Anker und Herz, ein ganz altes Motiv, das würde ihm gefallen.

Heinz hatte viele Jahre auf allen möglichen Schiffen bei den unterschiedlichsten Reedereien gefahren und dieses Motiv oft gesehen. In der Regel war es einfarbig und wirkte in der Ausführung nicht sonderlich professionell. Das lag daran, dass es in den Kreisen der Seefahrer üblich war, sich von einem Kollegen tätowieren zu lassen.

Gern wurde das Unternehmen auf längeren „Seetörns" sonntags, wenn niemand außer auf der Wache im Dienst war, bei schönem Wetter an Deck in Angriff genommen. Man setzte sich auf einen Poller, oder auf die Luke und los gings. Der Tätowierer benutzte in der Regel feine Nähnadeln – meist zwei Stück mit einem Faden zusammengebunden und als Farbe, Tusche stand selten zur Verfügung, eine aus Ruß und Wasser hergestellte Paste. Ruß war besonders gut geeignet, weil er im Maschinenraum an manchen Stellen staubfein vorkam.

Das Motiv wurde aufgezeichnet und anschließend mit den Nadeln nachgestochen. Das Können des Tätowierers ließ sich erst beurteilen, wenn nach einigen Tagen die sich gebildete Kruste von der Haut abfiel. Die Güte der Tätowierung zeigte sich in den Linien. Ein erfahrener Tätowierer hinterließ klare Linien, ein unerfahrener Kollege im besten Fall nur eine Reihe von Punkten. Ganz schrecklich wurde das Ganze, wenn der Tätowierer nicht tief genug stach. In diesem Fall entstanden Lücken in dem Kunstwerk.

Natürlich wollten zahlreiche Zuschauer sich das Ereignis nicht entgehen lassen.

Heinz hatte sich also für Kreuz, Anker und Herz entschieden. Viele ältere, europäische Seeleute trugen es noch bis in unsere Tage, obwohl sie die Bedeutung nicht mehr kannten – nur aus Tradition. Das Kreuz steht für Glauben, das Herz für die Liebe und der Anker für die Hoffnung.

Vermutlich geht dieses Bild auf das 15.Jahrhundert zurück, als das Mittelmeer von Piraten verseucht war und die damaligen Seeleute sich ein Kreuz und andere christliche Symbole auf die Haut tätowierten, um als Christen erkannt zu werden. Sie wollten damit erreichen, dass sie im Falle eines Falles ein christliches Begräbnis bekamen.

Heinz suchte sich ein Tattoo-Studio in der Nähe. Der etwas untersetzte, vierschrötige Inhaber des Tattoo-Shop's sah aus, als ob er sich den größten Teil des Tages in einem Fitness-Studio herumtreiben würde. Natürlich trug er auf den mächtigen Armen großflächige Tätowierungen, aber er machte einen kompetenten Eindruck. Heinz hatte ihn schon vor ein paar Tagen besucht, das gewünschte Bild ausgesucht und einen Termin ausgemacht.

Heinz erschien pünktlich. Der Künstler hatte noch zu tun, denn er war gerade dabei eine Vorlage für eine Tätowierung zu vervollständigen. Heinz war es recht, so hatte er die Möglichkeit sich in dem kleinen Laden etwas näher umzusehen, denn beim letzten Besuch hatte er nur auf den Inhaber geachtet. Schließlich sollte der Typ ihm ein Bild aufdrücken, das er, nach menschlichem Ermessen, den Rest seines Lebens mit sich herumtragen würde...

Das Studio war blitzsauber und macht einen professionellen Eindruck. Rechts vom Eingang, stand ein größerer Tresen. An dessen Rückseite hatte der Inhaber eine Arbeitsplatte angebracht, so dass er beim Arbeiten auch seinen Laden im Auge behalten konnte. Gegenüber auf der anderen Seite hatte man durch einen kleineren Tresen ein Gelass abgeteilt, das gerade Platz für eine Liege und ein Stuhl bot. In den Tresen war ein kleiner Schaukasten eingefügt, in dem ein Totenkopf und jede Menge Teile aus Edelstahl, Ringe, Schrauben und Stifte lagerten, die für das angesagte ‚Piercing' benötigt wurden. Heinz überlief beim Betrachten dieser Utensilien ein Schaudern.

Er war erleichtert, als der Künstler endlich fertig und bereit war, zur Tat zu schreiten. Man begab sich also an die Rückwand, wo unterhalb eines großen Spiegels das Handwerkszeug des Tätowierers auf einem Bord bereit lag.

Heinz durfte sich in eine Art Friseursessel setzten. Für den Meister stand da ein normaler Stuhl, aber möglicherweise arbeitete er viel im Stehen. Als erstes wurde die Position der Tätowierung festgelegt, dann das Motiv auf den linken Arm kopiert. Überflüssig zu erwähnen, dass der Arm vorher desinfiziert wurde.

Dann war es soweit. Der Tätowierer packte die Nadel aus der sterilen Verpackung und brachte sie an dem elektrischen Tätowiergerät an. Es folgte der letzte Schritt. Der Tätowierer schaltete das Maschinchen an und erweckt es so zum Leben. Mit leisem Brummen sauste die Nadel auf und ab, schneller, als dass das Auge die einzelne Bewegung verfolgen konnte. Der Tätowierer tauchte die Nadel vorsichtig in eine kleine Schale mit Farbe. Mit ruhiger Hand zog er die vorgezeichneten Linien nach. Es blutete etwas. Routiniert wischte er das Blut mit einem Lappen ab, wenn es die Linien der Vorlage verdeckte.

Gleichmäßig bewegte sich die Nadel. Sie ging etwa drei Millimeter unter die Haut und transportierte die Farbe. Mit der Zeit schwollen die betroffenen Hautpartien etwas an, aber der Schmerz ließ sich aber gut aushalten. Allerdings war Heinz auch nicht sonderlich wehleidig. Wenn es sein musste, konnte schon Einiges ab.

Schemenhaft zeichnete sich das Motiv unter der Kruste ab. Klar würde es erst zu sehen sein, wenn der Schorf in einigen Tagen von allein abging.

Und dann war es nach einer Dreiviertelstunde geschafft. Der Tätowierer ermahnte Heinz den Schorf auf keinen Fall vorzeitig abzupulen. Es könnte zu Löchern im Bild führen. Heinz nickte, das klang alles ganz vernünftig.

Er bezahlte den vorher ausgehandelten Preis und verließ zufrieden das Studio.

05. Brennnesseln

Julia glaubte es nicht. Sie lag mit dem Gesicht in einem Brenn-
nesselstrauch und schuld war natürlich Emil, ihr Mann. Statt auf
den Weg zu achten, erzählte er irgendwelche Geschichten.

Sie waren im Rollstuhl unterwegs, denn Julia war schon einige
Zeit darauf angewiesen. Emil schob den Rollstuhl recht flott durch
die Landschaft, übersah ein unscheinbares Loch und wie der Teufel
es so wollte, rollte das linke, kleine Rad direkt in das Loch. Damit
war der Rollstuhl blockiert und Julia schoss, wie von einem Kata-
pult abgeschossen, in Richtung Brennnesseln.

Mit ihren weit über achtzig Jahren hatte schon einiges erlebt.
Emil war ihr zweiter Mann. Dem Ersten hatte sie ein Seebegräbnis
vor Helgoland verschafft, wie er es sich gewünscht hatte.

Dann hatte sie Emil getroffen. Das war schon eine Weile her,
mehr als 30 Jahre. Sie hatten so manche Höhen und Tiefen ge-
meinsam gemeistert.

Vor vierzehn Tagen erst hatte sie zehn Tage lang im Krankenhaus auf den Tod gelegen. Und jetzt lag sie zwischen den Brennnesseln.

Eigentlich wollten sie nur zur Kirche, da war ein großes Fest
angesagt, Kirchweih mit Bier, Bratwürsten und anderen Leckereien
vom Grill. – Wieso hatte der dusslige Emil eigentlich nicht aufge-
passt? Er hatte doch sonst eine schnelle Reaktion. Überhaupt wurde der Kerl vielleicht langsam alt? Schließlich hatte er die sechzig
schon eine Weile hinter sich gelassen.

Gut, es war schon mehr als 25 Jahre her, dass Emil mit seinen
Fähigkeiten geglänzt hatte… Es war im Urlaub gewesen, in Las
Palmas auf der Insel Gran Canaria. Sie hatten einen kleinen Zug
durch die Gemeinde gemacht und wanderten gemütlich auf der
Promenade am Strand entlang. Es war so gegen vier Uhr morgens,
als plötzlich ein Räuber mit einem Messer in der Hand vor ihnen

stand. Bevor sie sich über die Situation im Klaren war, klirrte das große Messer auf die Fliesen der Promenade, denn Emil hatte dem Halunken das Messer aus der Hand geschlagen. Und dann ging's ganz schnell. Der Räuber lief weg, Emil drehte sich um und rannte in die andere Richtung, dem Komplizen des ersten Strolches hinterher.

Julia war schwer beeindruckt.

Wie Emil ihr einmal erklärt hatte, waren in Las Palmas immer wieder Räuber unterwegs. In der Regel bildeten diese Strolche ein zwei-Mann-Team. Einer drohte von vorne, der andere räumte von hinten die Taschen des Opfers aus.

Plötzlich überfiel sie die Vorstellung, der Räuber könnte zurück kommen – und Emil nicht da… Sie sah sich um. Da lag das Messer am Boden, das Emil dem Halunken aus der Hand geschlagen hatte. Was sollte sie bloß machen, wenn der Erste wiederkam?

Kurz entschlossen bückte sie sich und hob das Messer auf.

Was hatte Emil noch vor ein paar Tagen erklärt? – Einen erfahrenen Messerkämpfer erkennt man daran, wie er das Messer hält… Aha, also so, wie es der Macker eben gehalten hatte, mit abgespreiztem Arm, das war offensichtlich verkehrt. – Nein, am besten hielt man das Messer dicht am Körper in Hüfthöhe… Und immer, wenn möglich mit dem Rücken an einer Wand, einem Baum oder einem Auto, um nicht unversehens von achtern angegriffen zu werden.

Julia stellte sich also mit dem Rücken zur Wand des Hauses am Rand der Promenade, das große Messer in Hüfthöhe am Körper… So, jetzt sollte der Halunke ruhig kommen.

Wie sie so da stand, fiel ihr wieder ein, woher Emil sein Wissen haben könnte. Hatte Emil nicht einmal von dem beknackten „Vietnamkämpfer" berichtet, einem deutschen Seemann, der unbedingt Amerikaner werden wollte und deshalb sich für den Krieg in Vietnam von den Amerikanern anwerben lassen wollte… Sein Bruder war schon aus dem gleichen Grund in Vietnam, denn wie er berichtete, erhielten Ausländer, die in Vietnam für die Amis kämpften, nach Dienstende die amerikanische Staatsbürgerschaft. Irgendwie hatte das aber alles nicht so geklappt. Bevor er sich nach Amerika aufmachen konnte, fiel sein Bruder bei den Kämpfen um Da Nang gegen die Vietkong. Da nahm er wieder Abstand von seinen Plänen. Auf jeden Fall hatte er von seinem Bruder bei einem Besuch einen Schnellkurs in Nahkampf bekommen und nervte nun seine Kollegen mit dem Verhalten im Messerkampf. Emil hatte wohl gut zugehört.

Inzwischen kam Emil wieder angetrabt. Er hatte den gleichen Gedanken wie Julia, dass der erste Räuber vielleicht zurückkehren und sein verlorenes Messer suchen könnte. Ein Stein fiel ihm vom Herzen, als er Julia unverletzt mit dem Messer in der Hand, wie eine erfahrene Kämpferin mit dem Rücken an der Wand stehen sah.

Unversehens wurde Julia aus ihren Erinnerungen gerissen. Der verdatterte Emil sammelte sie aus dem Brennnesselbusch und bugsierte sie mühsam zurück in den Rollstuhl.

Julia atmete auf. – Offensichtlich hatte sie sich nichts gebrochen.

Ihr Gesicht brannte von den Brennnesseln wie Feuer, aber dennoch beschlossen sie, die Kirchweih zu besuchen. Sie freute sich auf die Bratwurst und Emil auf ein kaltes Bier. Also zog man weiter. Bei jeder Erschütterung spürte sie ihr linkes, geschwollenes Knie.

Auf der Kirchweih war es ganz lustig. Die Bratwurst schmeckte ausgezeichnet und Emil holte sich öfter ein neues Bier. Etlichen Besuchern fiel allerdings Julias rotes Gesicht auf. Sogar der Herr Pfarrer erkundigte sich nach ihrem Missgeschick.

Aufgekratzt und satt machten sie sich wieder auf den Heimweg.

06. Auf dem Parkplatz

Immer wieder parken Autobesitzer zu nahe an den Einkaufswagen und versperren damit den so wichtigen Weg vom Haus zum Supermarkt. Vor allem Rollstuhlfahrer, ältere Herrschaften mit Gehwagen und Mütter mit Kinderwagen werden durch die parkenden Autos gezwungen, einen weiten Umweg über den Parkplatz zu nehmen. Das ist für die Betroffenen eine echte Zumutung.

Immer wieder kommt es zu gefährlichen Situationen, vor allem bei schlechtem Wetter, wenn ausparkende Autofahrer einen der langsamen Rollstuhlfahrer übersehen. Arthur erlebte eine besondere Variante dieser gelegentlichen Rücksichtslosigkeiten.

Im Winter passierte es, dass er sich mit seinem Elektrorollstuhl hinter einem geparkten Auto in einem Eishügel festfuhr. Man muss dazu wissen, Arthur war einseitig gelähmt und konnte gerade noch den Joystick seines Rollstuhls bedienen.

Da saß also Arthur mitten auf dem Parkplatz fest und harrte frierend der Hilfe eines Passanten, die doch kommen musste. Es kam aber anders. Der Autobesitzer erschien, betrachtete Hubertus missmutig. Statt ihm zu helfen, setzte er sich in sein warmes Auto und fing an laut und anklagend zu hupen. Als sich auch nach längerer Zeit kein Passant durch das Hupen anlocken ließ, sprang der wütende Autobesitzer aus seinem Auto und befreite den mittlerweile fast blau gefrorenen Arthur mit einem heftigen Ruck aus seiner misslichen Lage.

Warum denn nicht gleich so?

07. Krebs – die Geißel unserer Zeit

Freitag
Es begann mit Darmbluten – und Fred dachte sofort an Krebs.
Er war erschrocken und wütend zugleich. Er hatte überhaupt nichts
gemerkt. Nichts Auffallendes, nichts Ungewöhnliches war ihm
aufgefallen. Und das ausgerechnet am Freitagabend, so ein Sch....
Wie immer, wenn Fred etwas Ungewöhnliches passierte, holte
er tief Luft und wog das Für und Wider gegeneinander ab. Er hielt
auch eine kurze Konferenz mit seinem „inneren Schweinehund"
ab: Ergebnis, sie wollten versuchen bis Montag über die Runden zu
kommen, denn im Krankenhaus würden sie ihn mit solchen Be-
schwerden nicht mehr so ohne Weiteres wieder rauslassen.

Fred hatte nämlich ein dickes Problem an der Backe. Er konnte
die heimische Stätte nicht überstürzt verlassen, denn die Sorge um
seine schwer behinderte Frau erforderte gewisse Vorbereitungen.

Also verlebte er ein ausgesprochen ruhiges Wochenende und
vermied körperliche Anstrengung, alles nur um den Zustand nicht
weiter zu verschlimmern.

Montag
Montagmorgen eilte er stracks zum Hausarzt. Es folgte eine
Überweisung an einen Internisten dicht bei. Der sagte gleich, Ma-
gen- und Darmspiegelung seien unbedingt notwendig. Ein Facharzt
müsste eingeschaltet werden.

Fred war sofort alarmiert, Adrenalin schoss ins Blut. Jede In-
formation war jetzt wichtig, jede Bemerkung, jede Kleinigkeit und
jeder Tonfall, wenn er aus dem Schlammassel einigermaßen heil
herauskommen wollte.

Plötzlich kam ihm die Situation so bekannt vor. – Fred fühlte
sich wieder wie damals auf See, als er als Steuermann auf den alten
Schiffen alles Mögliche erlebt hatte. Im Laufe der Jahre hatte sich

da Einiges angesammelt, einschließlich Untergang und Feuer an Bord. Das alles hinterließ Spuren – auch wenn es schon ewig her war.

Also, als erstes Ruhe bewahren

Der Internist hatte auch gleich ein paar gute Tipps. Es standen zwei Fachärzte zur Wahl, eine beiläufige Bemerkung des Arztes und es gab nur noch einen.

Zum anderen wies er auf Folgendes hin: Die Fachärzte seien in der Regel auf zwei bis drei Monate ausgebucht und deshalb wären die Damen am Tresen besonders wichtig, denn sie führten den Terminkalender. - Aha, persönliches Erscheinen war dem Telefon vorzuziehen.

Eine Untersuchung mit Ultraschall folgte, der Internist tippte auch auf Krebs, konnte aber kein Karzinom feststellen.

Das Problem duldete keinen Aufschub. Also einen Überweisungsschein greifen, auf zum Facharzt, vor der Praxis das freundlichste Grinsen aufsetzen und die Höhle des Löwen entern, war die Sache einer halben Stunde.

Fred schilderte sein Problem, bot seinen ganzen Charme auf, um die Dame am Tresen von seinem Dilemma zu überzeugen. Sie schenkte Fred ein freundliches Lächeln und fand noch einen Termin in der nächsten Woche. Zusätzlich versprach sie, ihn im Falle einer Vakanz vorzuziehen. Glücklich, wenn auch etwas besorgt, machte Fred sich auf den Weg nach Hause.

Dienstag.

Die Freundlichkeit in der Praxis hatte sich gelohnt. Fred wurde angerufen und erhielt einen Termin am Donnerstag in der laufenden Woche, also in zwei Tagen. Kurz darauf erhielt er einen Anruf vom Internisten, Fred hätte bis Montag ein Viertel seines Blutes verloren, das sei aber nicht sonderlich dramatisch. - Na ja, wenn der Fachmann das so sah...

Mittwoch:
Die Blutung war abgeflaut. Der Blutverlust machte sich allerdings bemerkbar. Der Weg zum Wochenmarkt wurde beschwerlich, alle 50 Meter musste Fred anhalten und erst einmal Luft schöpfen.

Donnerstag:
Da war er also, der erste Termin, Magenspiegelung. Fred hielt, auf die Frage der Ärztin, eine Beruhigungsspritze für unnötig und tatsächlich schluckte er den Schlauch ohne Probleme. Die Ärztin fand nichts. Fred war sich aber nicht sicher, ob er beruhigt oder besorgt sein sollte. Er traute dem Frieden nicht.

Freitag
Wieder Blutungen in der Nacht bis in die Morgenstunden. Fred erwog gegen 06.00 Uhr die Ambulancia zu rufen, da es ihm langsam unheimlich wurde. Er erholte sich aber wieder, denn gegen Mittag hörte die Blutung auf.

Eine Woche später, Donnerstag
Donnerstag war der Tag der Darmspiegelung. Leicht neugierig, so etwas kannte Fred nur vom Hörensagen, traf er in der Praxis ein. Routiniert nahm ihn das Team rund um die Ärztin in die Mangel. Auf Anweisung nahm er auf dem Behandlungstisch Platz. Das Ganze war etwas unangenehm, aber nicht mit Schmerzen verbunden. Seitlich vom Behandlungstisch stand in seinem Gesichtsfeld zwischen einem Haufen von Geräten ein Monitor, auf den die Bilder aus seinem Körperinneren übertragen wurden. Fred fand das Geschehen auf dem Monitor ungeheuer interessant. So sah also das Gedärm von innen aus. Faszinierend, so eine Reise durch den eigenen Körper.

Doch dann war plötzlich „Schluss mit lustig". Die Ärztin gab ein überraschtes „Oh" von sich, gefolgt von einem bedeutungsschweren „Aha". Auf dem Bildschirm erschien ein unregelmäßiges, hellrotes Gebilde mit dunkelroten Abschnitten.

Fred wurde beim Auftauchen dieses ungewöhnlichen Gebildes und dem „Oh" und „Aha" der Ärztin wieder aufmerksam. Er hatte sich bei dem immer gleichen Anblick der blassen, etwas gelblichen Höhlen auf dem Monitor, dem Bild seines Darms, etwas gelangweilt.

Die Ärztin erklärte sachlich, hier hätte sie etwas Unerwartetes gefunden. Das hellrote Gebilde sei eine Vorstufe des Krebses und die dunklen Abschnitte wären Karzinome. Da gäbe es nur eine Möglichkeit – operieren. Das befallene Stück Darm müsse heraus geschnitten werden, aber ein künstlicher Darmausgang sei nur vorübergehend notwendig.

Uff, das war sie also, die lange vermutete und befürchtete Diagnose. - Mahlzeit! Das erste Gefühl war dennoch Erleichterung.

Die Ärztin hatte anscheinend noch mehr erzählt, denn sie fuhr Fred etwas energisch an: „Haben Sie mich verstanden? Ich habe gesagt: Sie haben Krebs…"

Fred wurde durch den kleinen Rüffel wieder munter. „Ja, das hatte ich auch schon vermutet."

Jetzt hatte Fred endlich etwas Genaues. Jetzt war die unheimliche Ungewissheit vorüber. Auf der anderen Seite erschienen aber auch, gleich einem Menetekel, vor Freds innerem Auge, der Gedanke an die drei Möglichkeiten:

1. Der befallene Darm wurde entfernt, der Krebs war auf den Darmabschnitt beschränkt gewesen und das Ganze blieb eine Episode.

2. Die zweite Möglichkeit war schon unangenehmer. Der Krebs kam immer wieder, wurde zur chronischen Krankheit und musste zeitlebens mit Chemotherapie und ähnlich unangenehmen Sachen in Schach gehalten werden.

3. Die dritte Möglichkeit war die Unangenehmste – brutal gesagt, lebenslanges Siechtum und vorzeitiger Tod.

Das waren ja nicht gerade angenehme Aussichten. Aber Fred blieb zuversichtlich, denn glücklicherweise gab es in Hamburg, wo er wohnte, Krankenhäuser, die auf solche Fälle spezialisiert waren. Fred war wild entschlossen, sich nicht verrückt zu machen. Wenn er aus dieser Geschichte noch einigermaßen heil heraus kommen wollte, gab es nur eins: In aller Gelassenheit einen Schritt nach dem anderen machen und vor allem auf die Hinweise der Ärzte achten.

Insofern war für ihn alles klar – die Voraussetzungen für ein gutes Gelingen, eine stabile körperliche Verfassung und ein solides Gottvertrauen waren gegeben.

Am darauf folgenden Freitag war der erste Termin im Krankenhaus.

08. Skandal im Krankenhaus
Wie eine alte Frau diszipliniert werden sollte....

Paul musste seine Frau an einem Freitag überraschend mit dem Rettungswagen ins Krankenhaus bringen lassen. So weit, so unangenehm. Paul fuhr mit dem gemeinsamen Auto gleich hinterher und fand sich bald darauf mit seiner Frau Julia in der Notaufnahme wieder. Gut, sie mussten ziemlich lange warten, aber man hat ja Verständnis, dass die schwereren Fälle vorgezogen wurden.

Nachmittags ging's dann endlich ins Krankenzimmer, ein Sauerstoffschlauch wurde angelegt. Die Professorin sollte auch noch im Laufe des Abends vorbeischauen. Alles schien auf einem guten Weg.

Paul hatte der Krankenschwester noch die schwierige Situation seiner Frau erklärt, blind, fast taub und im Rollstuhl sitzend.... Zufrieden machte Paul sich auf den Heimweg.

Nichtsahnend erschien Paul am Samstagmorgen gegen 0900 Uhr wieder im Krankenhaus. Als er die Tür öffnete, traf ihn fast der Schlag. Der ganze Raum stank nach Kot. Julia lag völlig apathisch in ihren eigenen Exkrementen und Blut. Sie war mit Darmblutungen eingeliefert worden. Das Bettzeug war völlig verschmutzt und das offene Bein, nicht verbunden und versorgt, lag auf dem schmutzigen Bettzeug. Die Sauerstoffleitung, die eigentlich unter der Nase sein sollte, lag am Boden – aber der Spender lief noch. Der Telefonhörer lag ebenfalls am Boden.

Offensichtlich war hier jemand auf seine Frau sauer und hatte sie liegen lassen. Wie sich dieses Verhalten mit der Berufsauffassung einer Krankenschwester vereinbaren ließ, war Paul ein Rätsel. Wahrscheinlich saß da jemand am falschen Platz und müsste eigentlich mit Pauken und Trompeten fristlos....

Na gut, da stand er nun. Rumschreien und an die Decke gehen war ja wohl nicht angebracht – also auf die leise, giftige Tour.

Praktischerweise lief gerade eine Schwester vorbei. Paul sprach sie ganz ruhig an, was das sollte. Ihre Antwort war sinngemäß, sie hätten so viel zu tun und wären zu wenige Leute. Mühsam beherrscht erklärte er ihr, dass ihn das überhaupt nicht interessierte, schließlich sei das seine Frau, die hier in ihrer eigenen Scheiße liege und dass er sich natürlich sofort Notizen machen würde und das auch Folgen für ihr Krankenhaus haben könnte. Im Übrigen möge sie doch bitte unverzüglich den diensthabenden Arzt benachrichtigen.

Zack – weg war sie.

Daraufhin kümmerte er sich erst einmal um Julia, legte ihr den Sauerstoffschlauch wieder an und den Telefonhörer zurück auf die Gabel. In dem Moment ging die Tür auf und eine junge Ärztin kam herein. Paul machte sie auf die Vernachlässigung seiner Frau aufmerksam und als Antwort erhielt er die gleiche Ausrede, sie hätten kein Personal. Daraufhin sah Paul sich gezwungen, auch ihr ruhig zu erklären, dass es sich bei ihrer Patientin um seine Frau handle und dass ihm ihre Personalsituation ziemlich egal sei, er sich im Übrigen Notizen gemacht und die Schwiegertochter informiert habe.

Zack – weg war sie.

Na ja, Paul konnte nun erst einmal nichts mehr für seine Frau tun. Er öffnete also die Fenster, um den bestialischen Gestank – Exkremente mit Blut vermischt, ein paar Stunden an der Luft, riechen furchtbar, etwas zu mindern, setzte sich an den Tisch, rief per Handy die Schwiegertochter an und vervollständigte seine Notizen.

Da ging die Tür auf und herein kam ein älterer Herr, offensichtlich ein Arzt, vielleicht um die sechzig, graue Haare, leidender Dackelblick.

Paul dachte bei sich selbst, als er ihn erblickte, „Oh Gott, der kann mir auch nicht helfen." Da hätte er sich in seiner jetzigen Lage lieber einen aufrechten Choleriker gewünscht, der seine Belegschaft einmal heftig zusammenfaltet, bis sie in eine Streichholzschachtel passt. Das Problem war doch offensichtlich die Unfähigkeit, beziehungsweise die Unwilligkeit des Personals.

Da erzählte auch der ihm etwas von Personalmangel!

Also ehrlich, da erklärte Paul zum dritten Mal, dass ihn das überhaupt nicht interessierte und dass seine Frau vielleicht wirklich nicht mehr lange zu leben hätte, aber dass es doch nicht unbedingt schon heute sein müsste. Im Übrigen hätte er sich über die Situation schon reichlich Notizen gemacht.

Wie Paul den Arzt auf die geringe Lebenserwartung seiner Frau hinwies, zuckte der richtig zusammen. Das hatte ihm bis dato wohl noch niemand geboten.

Der Arzt wandte sich schon zum Gehen. Da berichtete Paul ihm noch beiläufig, dass er ihre Schwiegertochter schon informiert hätte und dass sie unterwegs sei.

Zack – weg war auch er.

Und dann ging's plötzlich. Drei Krankenschwestern kümmerten sich um seine Julia. Sie wurde gewaschen, das schmutzige Bettzeug ausgetauscht, das offene Bein verbunden und sie bekam eine Bluttransfusion, alles wie es sich gehörte. Warum denn nicht gleich so...

Für Paul lag der Verdacht nahe, dass hier eine unbequeme Patientin von Seiten einer durchgeknallten Krankenschwester diszipliniert werden sollte...

Am folgenden Tag erhielt Paul's Frau noch eine Bluttransfusion und eine weitere mit Elektrolytflüssigkeit. Da stellte sich für Paul auch heraus, wie knapp sie davon gekommen war. Sie hatte an den Samstagmorgen völlig unvollständige Erinnerungen. Sein damaliger Eindruck hatte nicht getrogen.

Aber offensichtlich war es nur eine Einzelperson, die für das Theater verantwortlich war. Das Pflegepersonal kümmerte sich rührend. Alle waren plötzlich freundlich und hilfsbereit. Am Montagmorgen erschien sogar die Frau Professor und entschuldigte sich förmlich bei Paul und seiner Frau Julia.

Das Entschuldigen fiel der Frau Professor sichtlich schwer. Sie musste für das Verhalten ihrer Mitarbeiterin den Kopf hinhalten, wahrscheinlich auch noch ohne diese entsprechend sanktionieren zu können. Paul tat die gute Frau sogar fast etwas leid.

Mit dem Schicksal ausgesöhnt und heilfroh das Abenteuer überstanden zu haben, verließen Paul und Julia das Krankenhaus zwei Tage später.

09. REHA – ein Abenteuer

Abenteuer sind bekanntlich nicht immer willkommen. Krankheiten werden in der Regel mit Leiden, Schmerzen und Behinderungen aller Art in Verbindung gebracht. Nichtsdestotrotz können auch Krankheiten abenteuerliche Züge annehmen.

So erging es auch Fred. Die Operation hatte er ohne größere Kollateralschäden überlebt und jetzt sollte er zur „REHA". Na gut, Fred hatte schon oft davon gehört, Rehabilitationsmaßnahmen, kurz „REHA" waren schließlich nichts Ungewöhnliches. Fred hatte sich die Sache allerdings etwas anders vorgestellt. Es fing damit an, dass die Krankenversicherung sich nicht in die Auswahl des Kurortes reinreden lassen wollte. Kein Stimmrecht für die Patienten, das sei bei ihnen nicht üblich, erklärt eine freundliche Dame am Telefon. Man würde ihm rechtzeitig Bescheid geben.

Der Bescheid kam auch kurz darauf. Die „REHA" sollte in Lehmrade stattfinden. Lehmrade? Wo soll das denn sein? Ein kurzer Blick in den Autoatlas, oh jeh, ein Flecken südlich von Mölln. Kein Seebad an der Küste also, kein bekannter Kurort in der Region - stattdessen eine kleine Einrichtung auf dem Land.

Fred hatte längst beschlossen, sich nicht mehr zu wundern. Durch seine Krankheit war für ihn eine Tür in eine vollkommen fremde Welt aufgestoßen worden. Er hatte bisher wenig mit Krankheiten zu tun gehabt. – Krank waren bisher immer nur die Anderen. In dieser neuen Welt galten andere Regeln. Dem Medizinbetrieb ausgeliefert, hatte er irgendwann den Entschluss gefasst, das Ganze mit einer gewissen Gelassenheit zu betrachten. Was er nicht ändern konnte, nahm er eben hin.

Ein Sammeltaxi brachte vier Patienten aus Hamburg nach Lehmrade. Das Wetter war schön, die Fahrt kurzweilig, denn der

Fahrer verfuhr sich gründlich, trotz ‚Navi'. Die Passagiere amüsierten sich königlich.

Dann kam Lehmrade in Sicht, ein kleines Dorf mit angeblich 300 Einwohnern. Wahrscheinlich hatte der Verfasser des Werbeprospekts für diesen Ort außer den Schafen auf der Wiese, auch die Besatzung der örtlichen Tankstelle und die kleine Kurklinik mit 130 Patienten mitgezählt.

Die Einrichtung machte einen soliden Eindruck. Der Empfang war sehr freundlich, die Räume ruhig und sauber. Innerhalb kurzer Zeit hatte jeder der Ankömmlinge ein Einzelzimmer und war mit Informationen bestens versorgt.

Als Neuling interessierte Fred sich für das Naheliegendste – den Speiseraum. Eine hilfsbereite Angestellte erklärte den Ankömmlingen das Notwendige. Es war gerade Mittagszeit und die aufregende Fahrt hatte seinen Appetit geweckt.

Also, der Speiseraum war ausgesprochen gemütlich, viel Holz mit ein paar großen Bildern. Die Tische waren großzügig im Raum verteilt, immer ein Tisch für vier Personen. Eine freundliche Dame wies den Neulingen die Plätze zu. Die Ankömmlinge ließen sich nieder. Hier sollte man also die nächsten drei Wochen zusammen verbringen.

Das Essen war gut, die Bedienung aufmerksam. Zum Frühstück und Abendbrot wurde ein Buffet mit einer großen Auswahl gesunder Speisen und Lebensmittel aufgebaut.

Langsam lernte Fred auch seine Schicksalsgefährten kennen. Man traf sich jeden Tag bei Anwendungen, Übungen und Vorträgen aller Art. Alle hatten die gleiche Problematik – irgendeine Art von Krebs. Viele Frauen trugen ein Kopftuch und mancher bekam nur mühsam Luft. Aber alle waren freundlich und meistens gut drauf.

Das lag sicher auch an dem hilfsbereiten Personal. Vielleicht war es auch die Gewissheit, dass jeder ähnliche Erfahrungen mit dieser furchtbaren Krankheit gemacht hatte. Man nahm kein Blatt vor den Mund, wozu auch, die meisten hatten den großen Gleichmacher, den „Sensenmann" schon in der Nähe gespürt.

Für jede Form der Krankheit fand man Leidensgefährten, die einen Tipp hatten, wie man mit dieser oder jener Folge der Krankheit besser umgehen konnte. Mancher hatte seinen Galgenhumor nicht verloren oder vielleicht wiedergefunden.

Manchmal war es aber auch zu köstlich. So saß am Tisch neben Fred ein Ehepaar, das wie der Mann berichtete, aus der ehemaligen DDR stammte. Er hatte immer noch etwas Heimweh nach den alten Zeiten und schwärmte bei den Mahlzeiten den Mitpatienten von den schönen Seiten der verflossenen DDR vor. Seine Vorträge endeten immer mit dem traurigen Seufzer, „...ach, mein armer Erich."

Mit Erich meinte er dann den mächtigsten Mann in der DDR, Erich Honnecker.

Die Menschen an den umstehenden Tischen mussten sich zunehmend das Lachen verbeißen. Immer, wenn er wieder zu einer neuen Episode aus seiner geliebten DDR anhob, wurde es an den umstehenden Tischen still. Keiner und keine wollten sich etwas entgehen lassen. Immer neue Anekdoten aus der vergangenen Zeit, vorgetragen in einem leichten Sächsisch, kamen zu Tage.

Daneben gab es aber auch einige Patienten, die so krank waren, dass sie nie im Speisesaal oder bei irgendwelchen Anwendungen und Veranstaltungen auftauchten. Von deren Existenz kündeten nur die häufigen Besuche der Ärztinnen und Schwestern in manchen Zimmern, die man durch Zufall mitbekam.

Tragisch fanden auch alle den Fall einer ganz jungen Frau, die mit ihrer kleinen Tochter gekommen war und an einer besonders aggressiven Art Krebs litt. Sie war oft Gegenstand des allgemeinen

Gesprächs. Eine Mitpatientin, vielleicht so um die sechzig, brachte es auf den Punkt: „Tragisch, wir haben ja schon den größten Teil unseres Lebens hinter uns gebracht, aber so jung und dann so krank...."

Als nach drei Wochen die Zeit vorüber war, fiel Fred der Abschied von den Schicksalsgefährten schwer. Diese Gemeinschaft würde er vermissen.

10. Die Terrasse - ein verwunschener Ort

Es ist Sonntagmorgen Ende August und über Nacht hat es geregnet. Der Himmel ist bedeckt, graue Wolken mit bräunlichem Touch. Der Tag ist noch nicht erwacht, im Osten schimmert es schon etwas heller. Wer genau hinsieht, kann im Westen den Widerschein der großen Stadt bemerken.

Diese Zeit vor der Morgendämmerung bezeichneten die Seeleute früher als die Zeit der „Bürgerlichen Dämmerung", die Zeit in der Sterne „geschossen" werden konnten, bevor die Helligkeit des Tages sie verschluckte. Das bedeutete, in dieser Zeitspanne waren die Grenze zwischen Wasser und Himmel, die „Kimm", schon und die Sterne noch zu sehen. Jetzt konnte der wachhabende Steuermann auf der Brücke den Winkel zwischen Stern und Kimm, die Höhe des Sterns über der Kimm, mit dem Sextanten messen. Mit mindestens drei Sternen, meistens versuchte der Steuermann aber mindestens fünf Sterne zu schießen, ließ sich die aktuelle Position ziemlich genau feststellen.

Im Haus ist es still.

Die Verkäuferin aus dem Backshop beim Supermarkt kommt um die Ecke geradelt. Sie muss ihren Laden vorbereiten, damit die Frühaufsteher ihre gewohnten Brötchen und die Sonntagszeitung zum Frühstück bekommen. Der Zeitungsbote war auch schon da. Der Stapel liegt auf den Einkaufswagen neben dem Eingang.

Auf der vorbeiführenden Straße herrscht kaum Verkehr. Die wenigen Autos rauschen leise auf der regennassen Fahrbahn vorbei. Auch auf der Terrasse ist es ruhig. Leise summt der Ablüfter auf dem Dach des Treppenhauses. Irgendwo über den Wolken fliegt ein Flugzeug. Ein leichter Wind weht aus Südwest.

Die Blumengesellschaft in dem großen Pflanzkasten, in den Kästen und Töpfen scheint noch zu schlafen.

Etwas entfernt ertönt Vogelgezwitscher. Es wird langsam Tag.

Die Bäume in der Umgebung wechseln die Farbe von einem verwaschenen grüngrau zu einem kräftigen grün. Nördlich des Hauses schälen sich die einzelnen Wipfel aus der Masse der Bäume heraus.

Das Licht der Straßenlaternen erlischt.

Auch auf der Terrasse erwacht das Leben. Die weißen Margariten und die Fuchsien, mit ihren rot-weißen an Orchideen erinnernden Blüten sind die Ersten, die sich bemerkbar machen. Die Sonnenblumen lassen sich noch etwas Zeit. Verständlich, sie haben genug an den reifen Samen zu tragen.

Auch Petunien und Männertreu werden munter. Die wenigen übriggebliebenen Stiefmütterchen strecken keck ihre leuchtenden Blüten zwischen den anderen Blumen heraus.

Einzig der Lavendel hat noch keine Lust, sich mit seinen tiefblauen Blüten bemerkbar zu machen.

Und den Rhododenron kann sowieso niemand meinen. Er sieht überhaupt nicht ein, dass er sich an dem Getue der anderen Blumen beteiligen sollte. Er hat seine Pflicht erfüllt. Seine Blüten sind längst verwelkt. Das soll ihm erst einmal einer der anderen Blumenkollegen nachmachen, so prächtige Blüten.

Auch der Blaugrasstock sitzt mitten drin in der Blumengesellschaft des Pflanzkastens. Seine schmalen, bläulichen Blätter hat er wie Stacheldraht in alle Richtungen ausgestreckt und die anderen Blumenkollegen halten respektvoll Abstand. Irgendwie erinnert er an einen giftigen Korallenstock in tropischen Meeren.

Einzig die Thuja-Bäumchen in den Blumentöpfen machen einen etwas niedergeschlagenen Eindruck. Die meisten Kollegen haben sich schon endgültig verabschiedet. Sie ließen ihre Zweige hängen, die sich kurz darauf rotbraun verfärbten. Die Leichen wurden entfernt.

Inzwischen ist es hell geworden, ein weiterer Tag hat begonnen.

Gelassen erwartet die Pflanzengesellschaft die weitere Entwicklung. Wird es Regen geben, oder Sonnenschein – kommt die Betreuerin oder nicht...

11. Das Kreuz mit der Tradition

In der Wirtschaft „Zur Blume" ging es hoch her. Der Kirchenrat war nach der Sitzung noch in dem Gasthaus eingekehrt. Auch der Herr Pfarrer war mit von der Partie.

Der Anlass für die Aufregung war eigentlich nicht sonderlich spektakulär. Es ging darum, dass ein Mann sich weigerte, das „Ewige Licht", genauer gesagt das Öl für besagtes Lämpchen am Altar, zu bezahlen, wie es seine Vorfahren seit ewigen Zeiten gemacht hatten.

Der betroffene Jungbauer hatte vor einigen Monaten den kleinen Fetzen Land von seiner verstorbenen Mutter geerbt. Er fiel aus allen Wolken, als ein Vertreter des Kirchenrats ihn aus heiterem Himmel ziemlich rabiat anfuhr, wann er denn endlich das Geld für das „Ewige Licht" bezahlen wolle. Es sei doch guter alter Brauch, dass der Besitzer der kleinen Wiese die Kosten für das „Ewige Licht" übernähme.

Der Jungbauer antwortete genau so pampig. Nein, er sähe überhaupt nicht ein, dass er das Licht in der Kirche bezahlen sollte. Überhaupt, wie käme die Gemeinde dazu, von ihm Geld zu verlangen…

Dem Vertreter des Kirchenrats ging endlich ein Licht auf. Der Jungbauer wusste von gar nichts. – Kein Wunder, er hatte die letzten Jahre nicht im Dorf gelebt. Also musste er dem Neubürger die Hintergründe erklären.

Es war ja so, vor Zeiten hatte ein Mann seinen Nachbarn mit einem Knüppel erschlagen. Außer einer Strafe bekam er als zusätzliche Buße zur Auflage, jedes Jahr das Lampenöl für das „Ewige Licht" in der Kirche zu liefern. Diese Verpflichtung war auf alle seine Nachfahren übergegangen. So auch auf die verstorbene Mutter…

Der Jungbauer hatte sich die Erklärungen des Kirchenrats angehört und antwortete kurz angebunden, er hätte mit dem ganzen Sch… nichts im Sinn, sie sollten ihm damit gestohlen bleiben, Tradition hin – Tradition her…

Ziemlich verdattert zog der Kirchenmann von dannen.

Abends hatte man sich also in der „Blume" getroffen. Die Kirchenvertreter ereiferten sich. Der gute Wein, den die Wirtsleute ausschenkten, trug sicher auch noch dazu bei, dass die Wogen immer höher gingen.

Der Herr Pfarrer hielt sich etwas zurück. Erst als einer der Diskutanten die Seligkeit des reuigen Mörders von der Bezahlung des Öls für das „Ewige Licht" abhängig machte, meldete er sich energisch zu Wort. Gottes Gnade sei keineswegs von solch weltlichen Dingen wie der Bezahlung von Lampenöl abhängig und er sei sofort bereit die Kosten aus seinem privaten Portmonee zu übernehmen.

Damit waren die Herren aber gar nicht einverstanden. Das sei ein alter Brauch, den man nicht einfach aufgeben könne. Ja, man war sich schnell einig, das musste von einem Gericht entschieden werden…

Damit ging man auseinander.

Und so kam es. Vor Gericht erschienen Historiker, die erst einmal feststellten, dass zwei Morde mit dem Öl für das „Ewige Licht" in Zusammenhang zu bringen waren.

Da war zum Einen der Mord an Heinrich Stucki. Stucki wurde von einem Konrad Müller erschlagen, die Überlieferung berichtet mit einem großen Knüppel.

Die andere Version der Geschichte berichtet davon, dass ein Bruder den anderen innerhalb eines Streits um das „Tschudi-Gut" erschlagen habe.

Das Gericht sah sich gezwungen, die Klage der Kirchengemeinde abzuweisen. Man hatte keinen direkten Hinweis weder auf die Tat an sich, noch an die Stiftung des Lampenöls gefunden, geschweige denn Zeugen vernehmen können.

Kein Wunder, das war alles ja schon etwas länger her. Genau 656 Jahre. Der Mord sollte sich im Jahre 1357 ereignet haben...

12. Geklaute Blumen

Die Kriminalität greift immer weiter um sich. Kein Gebiet wird ausgelassen. Das Neueste auf diesem Gebiet ist das Verhalten eines Friedhofsgärtners in Duisburg. Der Herr hatte sich ein revolutionäres Geschäftsmodell ausgedacht. Er klaute die Blumen, die er kurz vorher den Trauernden verkauft hatte von den Gräbern, um sie dann den nächsten Kunden ein weiteres Mal zu verkaufen. Das ging eine ganze Weile gut und bescherte ihm einen ansehnlichen Nebenverdienst. Doch dann erstatteten einige Hinterbliebene „Anzeige gegen Unbekannt". Er hatte wohl etwas übertrieben.

Die Kripo ermittelte und erwischte ihn auf frischer Tat. Das Gericht verurteilte ihn zu einer Geldstrafe plus ein paar Monate Haft auf Bewährung. Außerdem wurde sein Geschäft geschlossen.

Es gibt für manche Mitmenschen wohl keine Grenze, wenn es darum geht ein paar Euros auf Kosten Dritter zu kassieren.

Bei der Blumenklauerei auf Friedhöfen scheint es sich nicht um einen Einzelfall, sondern um eine weitverbreitete Unsitte zu handeln. Eine ältere Witwe brachte es auf den Punkt:

„Die da unten können sich nicht wehren, und die oben sollen sich was schämen!"

15. Kriegszeiten.

Das Altersheim machte einen Ausflug. Zahlreiche Bewohner wollten sich die Abwechslung nicht entgehen lassen, darunter auch Elisabeth. Sie hatte schon einige Jahrzehnte auf dem Buckel und verbrachte ihre letzten Jahre in jenem Altenheim in der Schweiz. So schön hatte sie es ihr ganzes Leben nicht.

Schon der Beginn ihres Lebens stand unter einem unguten Stern. Sie war die uneheliche Tochter einer Frau aus dem gehobenen Bürgertum. Damals durfte es nichts geben, was es nicht geben sollte. Hatte ein bürgerliches Fräulein das Pech ungewollt schwanger zu werden, musste das vor der Umgebung verborgen werden.

Im Falle von Elisabeths Mutter war es ein findiges Ehepaar die Lösung, das in der deutschsprachigen Schweiz, im Jura, in einem etwas abgelegenen Haus eine Pension für ungewollt schwangere Fräuleins betrieb. Hier konnten die Mädchen in Ruhe ihre Kinder bekommen. Waren die Kinder erst einmal da, kamen die Babys in Hände von Adoptiv- oder von Pflegeeltern, und die Mädchen kehrten in den Schoß ihrer Familien zurück. Manche Mädchen nahmen aber auch ihre Kinder mit und gaben sie als Ziehkinder aus.

Elisabeth war ein solches Kind. Sie hatte, nach ihren eigenen Erzählungen, das Glück, bei einer lieben Pflegemutter in Basel den ersten Teil ihrer Kindheit zu verbringen. Für sie vollkommen überraschend, man sprach damals nicht mit Kindern über solche Sachen, wurde sie von der Schwester ihrer leiblichen Mutter und deren Mann adoptiert. Wie sie selbst oft erzählte, fühlte sie sich aus ihrer lieb geworden Umgebung herausgerissen und ins Badische verpflanzt. Hier lernte sie auch ihre leibliche Mutter kennen. Sie durfte sie aber nie mit „Mama" oder „Mutter" ansprechen, sondern immer nur mit dem Vornamen.

Die Jahre vergingen. Sie wuchs zum Backfisch heran, wie man damals noch die Teenager nannte. Um diese Zeit herum starb ihre leibliche Mutter bei einem Autounfall. Ein halbes Jahr darauf erlitt der Adoptiv-Vater einen Schlaganfall, der ihn nach längerer Zeit auch ins Grab brachte. Einige Jahre darauf starb auch ihre Adoptiv-Mutter an einer Tuberkulose, die sie seit Jahren plagte. Elisabeth war eben volljährig.

Elisabeth übernahm das Erbe, löste die Wohnung auf und suchte sich eine Arbeit. Sie hatte keinen Beruf gelernt, also bewarb sie sich um eine Arbeit als Dienstmädchen. Das klappte auch ganz gut. Allerdings musste sie öfters die Stellung wechseln, denn sie sprach gerne das aus, was sie bewegte.

Mit den Männern hatte sie wenig Glück. Ihr Verlobter fiel für Volk und Vaterland. Der große Krieg war vorbei, als sie zum ersten Mal heiratete. Das erste Jahr war kaum vergangen, als ihr Mann begann, immer wieder nach anderen Frauen zu schielen. Als er sich endgültig neu orientierte, ließ sie ihn erleichtert ziehen.

Sie heiratete ein zweites Mal, einen Schweizer und zog mit ihm in die Schweiz. Dort rackerte sie sich ab, während ihr Mann „Geschäfte" machte, die nichts einbrachten. So richtig arbeiten hatte er nicht im Sinn.

Die Jahre vergingen. Der Mann wurde krank und starb. Elisabeth arbeitete weiter in einem Supermarkt an der Kasse, bis sie Rente beantragen konnte. Einige Jahre lebte sie noch allein, bis ihrer Nichte und anderen Verwandten auffiel, dass „Lisbeth", so wurde sie in der Familie genannt, etwas seltsam geworden war. Sie überredeten sie in ein Altenheim zu gehen.

Das Ganze war der guten Elisabeth zwar nicht geheuer, aber letztendlich ergab sie sich in ihr Schicksal. Sie war ja auch nicht mehr die Jüngste, mit ihren mehr als achtzig Lenzen…

Im Heim fügte sie sich schnell ein und mit ihrer heiteren Art und ihrem etwas scheppernden Lachen war sie überall beliebt.

Und jetzt saß sie zusammen mit den anderen Teilnehmerinnen und Teilnehmern des Ausflugs an einer festlichen Kaffeetafel mit jeder Menge Kuchen und Torten. Sie hatten ein Etappenziel erreicht, ein altes Schloss am Rhein in Sichtweite eines Atomkraftwerks.

Man erzählte sich, der Betreiber des Atomkraftwerks hätte ordentlich in die Tasche gegriffen und das Schloss für die Gemeinde restauriert. Ein Restaurantbetrieb war ebenfalls eingezogen. Die Rechnung war aufgegangen. In der Gemeinde waren, bis auf eine kleine Anzahl Widerspenstiger, alle für das Atom. Das restaurierte Schloss lockte jede Menge Ausflügler aus der weiteren Umgebung an. Außerdem hatten Atomkraftwerk und Restaurant zahlreiche Arbeitsplätze geschaffen. Die Nebelfahne aus dem Kühlturm störte natürlich auch niemanden, bis auf die winzige Gruppe von Widerspenstigen...

So saß man also satt und zufrieden an der Kaffeetafel hinter einer Tasse frischen Kaffee. Die älteren Herren erzählten von früher und die Damen hörten zu und lachten höflich, wenn einer sich noch an einen Witz erinnerte.

Es dauerte nicht lange und man kam auf den vergangenen Krieg zu sprechen. Für viele war es das Abenteuer ihres Lebens. Außer Wache stehen an der Grenze und an Manövern für den Fall der Fälle teilzunehmen, hatten die Schweizer nichts auszustehen. Die Schweiz blieb eine Insel der Seligen inmitten des entfesselten Infernos in Europa.

Alfred tat sich besonders hervor. Mit seinem weißen Haarschopf und der runden Figur, der man den Konsum von zahlreichen Bieren ansah, wirkte er wie eine Karikatur eines alten Kriegers in der Etappe...

Die „Chaibe-Düütsche" hätten sich man über die Grenze trauen sollen. Er hätte sie mit seinen Kameraden genau so mit blutigen Köpfen zurückgeschickt, wie den „Chaibe-Flieger" damals...

Jetzt wurde die Runde aufmerksam. Ein deutscher Soldat in der Schweiz, das kam in jenen Zeiten wirklich selten vor. Alfred sträubte sein Gefieder und genoss die allgemeine Aufmerksamkeit.

Wie er berichtete, hatte man ihn mit seiner Schützenkompanie an der Grenze am Rhein stationiert. Sie hatten ihre Stellung am Rand einer großen Wiese, etwa 100 Meter vom Rhein entfernt bezogen. Sie hatten Schützengräben, Unterstände und MG-Nester angelegt. Eigentlich ein ruhiger Posten, jetzt im Sommer, die Sonne schien vom blauen Himmel. Alles schien friedlich...

Da erschienen plötzlich am westlichen Himmel, von Frankreich her, eine Gruppe amerikanischer Bomber, die auf der deutschen Seite in großer Höhe den Rhein entlang in Richtung Bodensee unterwegs waren. Vermutlich wollten sie wieder die Zeppelin-Werke bei Friedrichshafen, einen großen Rüstungsbetrieb angreifen. Sie mussten sich sehr sicher fühlen, dass sie am helllichten Tag angriffen...

Plötzlich erschien eine Rotte deutsche Jäger am Himmel. Die amerikanischen Jagdflugzeuge, die zum Schutz der Bomber mitflogen, versuchten natürlich sofort die deutschen Flugzeuge abzufangen, während die Bomber scheinbar unbeeindruckt auf Kurs blieben.

Es entwickelte sich ein Gefecht in der Luft. Die ersten Verlierer fielen vom Himmel. Ein amerikanisches Flugzeug verschwand in einem Feuerball. Ein deutsches Flugzeug ging unvermittelt in einen Sturzflug über und zog einen kleinen Rauchschleier hinter sich her.

Alfred stand gut getarnt allein auf Posten, der nächste Kamerad stand etwa 50 Meter westlich. Ehe er reagieren konnte, stellte er fest, das deutsche Flugzeug zielte genau auf seine Wiese. Scheinbar kurz vor dem Boden fing der Pilot das Flugzeug ab und ging in den Horizontalflug über. Er wich einigen Bäumen aus, stellte den Motor ab und rauschte auf die Wiese. Die Maschine machte noch einen niedlichen Satz und knallte dann mit einem großen Scheppern auf den Rasen. Das Fahrwerk brach ab und die Maschine rutschte auf dem Bauch durch das Gras.

Etwa vierzig Meter vor dem getarnten Unterstand von Alfred kam sie zum Stehen.

Alfred entsicherte den Karabiner und visierte das Flugzeug an. Auf dem Flugzeug wurde die durchsichtige Haube über dem Pilotensitz nach hinten geschoben und der Kopf des Piloten tauchte auf. Offensichtlich war er nicht schwer verletzt. Alfred zielte auf den Piloten. Der Pilot stieg vorsichtig aus, setzte die Füße auf die Tragfläche und drehte sich um. Der Pilot stand mit dem Rücken zum Flugzeugrumpf. In diesem Moment zog Alfred durch. Die Kugel schlug in den Oberkörper ein, der Pilot wurde durch den Einschlag an den Flugzeugrumpf geschleudert und rutschte sterbend auf die Tragfläche. Hier blieb er liegen.

Die Kaffeerunde hatte etwas verlegen Alfreds Bericht verfolgt. Endlich fand eine alte Dame die Sprache wieder und fragte den sich spreizenden Alfred: „Sag mal, warum in drei Teufels Namen hast du ihn erschossen und nicht gefangen genommen?"

„Wieso, er hätte doch ein brennendes Streichholz in das Flugzeug werfen können. Und überhaupt, s`war doch bloß en Chaibe-Düütsche, de Sauschwob…"

Elisabeth war bei diesem Wortwechsel etwas blass geworden. Ruhig fragte sie Alfred: „Sag mal, passierte das Ganze am 14. Juli 1944?"

„Ja, warum?"

„Der Pilot war mein Helmut, wir wollten heiraten…"

14. Auf dem Friedhof

Innerhalb von wenigen Tagen starben in einer kleinen Gemeinde zwei ältere Herren. Beiden war ein gesegnetes Alter von über 90 Jahren vergönnt.

Außerdem hatten sie noch weitere Gemeinsamkeiten. So hatten zum Beispiel beide in ihrem letzten Willen verfügt, dass kein Geistlicher an ihrem Grab erscheinen sollte. Der Eine nicht, weil er als erklärter Freigeist sowieso an nichts glaubte und Religion für Volksverdummung hielt und der Andere, weil er, wie er sich ausdrückte, sich nicht mit dem lieben Gott erzürnt hatte, sondern mit dessen Bodenpersonal. Es wurde also in beiden Fällen der örtliche Grabredner beauftragt.

Es war ein nebliger, kühler Tag. Die Trauergemeinde hatte sich leicht fröstelnd um das offene Grab versammelt, wie es in der kleinen Gemeinde von alters her Brauch war. Der Klang der kleinen Totenglocke schallte von der Friedhofskapelle her.

Der schwarz gekleidete Redner, ein älterer Herr mit einem weißen Haarschopf und einer sonoren, weit tragenden Stimme, begann auch recht gut. Er würdigte den Verstorbenen als einen aufrechten Demokraten, der sich immer für die Belange seiner Mitbürger eingesetzt hatte. Als aufrechter Patriot sei er bis in die letzten Lebensjahre für die Dorfgemeinschaft unermüdlich tätig gewesen, gerade so wie es ihm seine schwindenden Kräfte noch erlaubten.

Unter den Trauernden standen auch der Schwiegersohn und die Tochter des Verstorbenen. Je länger die Ansprache dauerte, desto unwirklicher erschien ihnen die Veranstaltung.

An dem Vortrag vermissten sie so Einiges. Nicht die Rede war von dem sozialen Engagement des Verstorbenen, von seiner Sorge für die Armen in der Gemeinde, ja trotz seiner Vorbehalte gegen das Bodenpersonal, seiner Mitgliedschaft und seinem Einsatz im Kirchenvorstand der örtlichen Gemeinde.

Leise, hinter der vorgehaltenen Hand, murmelte der Schwiegersohn zu seiner Frau: „Den Kerl kenne ich nicht…"

Unbeirrt fuhr der Redner mit seiner Ansprache fort. Er kam jetzt auf die jungen Jahre in den schwierigen Zeiten, als ganz Deutschland am Abgrund entlang balancierte, zu sprechen, als der Verstorbene als tapferer Stuka-Pilot (Sturzkampfbomber–Pilot) seine Pflicht für Volk und Vaterland an der Ostfront vorbildlich erfüllt hatte. Er erwähnte auch das „Ritter-Kreuz" und andere Nazi-Orden, die der Verstorbene verliehen bekommen hatte…

Der Tochter und dem Schwiegersohn lief es eiskalt über den Rücken. Ungeheuerlich, was hier über ihren Vater und Schwiegervater berichtet wurde, einem Mitglied der „Bekennenden Kirche", der während des III. Reichs als Bote beim Widerstand gegen die Nazis sein Leben riskiert hatte…

Da gab es nur eine Erklärung. Der alte Esel mit seinem weißen Haarschopf hatte die Redemanuskripte vertauscht…

17. Endlich Sommer

Irgendwie war es offensichtlich, der Sommer war da. Alles war grün, die Vögel stimmten morgens ihr Konzert an, die Sonne schien und auch die Temperatur stimmte.

Das fanden auch zwei Wildenten vergangene Woche und machten einen kleinen Ausflug zu einem Lokal beim Einkaufszentrum. Der Wirt hatte einige Tische und Stühle vor dem Lokal aufgestellt.

Auf der Suche nach etwas Fressbarem trafen unsere beiden Ausflügler auf eine freundliche Rentnerin, die sich wacker mit ihnen unterhielt. Der Ganter war angetan und antwortete mit leisem Quaken.

Wahrscheinlich wollte er aber nur ein kleines Bier.

16. Feuer im Haus

Heidrun B. roch Rauch in ihrer Wohnung. Sie öffnete die Wohnungstür und knallte sie gleich wieder zu. Der Gang war schwarz vor Qualm. Ihre Wohnung lag im 10. Stock. Sie rief ihre Tochter Telsa und eilte mit ihr auf den Balkon. Sie starrten in die Tiefe.

Heidrun hatte ihre Tochter Telsa genannt, nach der legendären Telsa, die als Anführerin der Dithmarscher Bauern gegen die Landsknechte des Bremer Bischofs gekämpft hatte.

„Nomen est Omen!" Die Dreizehnjährige besaß den Kampfgeist ihrer Namenspatronin. Da stand sie nun mit ihrer Mutter auf dem Balkon. Auf der Straße sahen sie mehrere Feuerwehrautos mit Blaulicht mit einer riesigen Drehleiter. Man brachte die Drehleiter gerade in Position. Ganz oben hielt sich ein Feuerwehrmann fest.

Telsa betrachtete die Situation skeptisch und sagte trocken: „Wenn mir der Mann auf der Feuerleiter nicht gefällt, bleibe ich auf dem Balkon."

Die Feuerleiter schraubte sich langsam hoch. Da rief Telsa empört: „Zu dem Kerl kletter ich nicht auf die Leiter. Kommt überhaupt nicht in Frage."

Stur wie die Dithmarscher Kämpferin ließ sie sich nicht umstimmen. Der verdutzte Feuerwehrmann musste ohne hilflose Opfer absteigen. Und Heidrun blieb nichts anderes übrig, als bei ihrer rebellischen Tochter zu bleiben.

Zum Glück bekamen sie keine heißen Füße. Die Feuerwehr brachte das Feuer schnell unter Kontrolle.

17. Verdammte Technik

Es ist ein schöner, sonniger Sonntagmorgen als gegen 0800 Uhr sich die Automatiktür des Edeka-Marktes nicht mehr öffnen lässt. Die ausgesperrte Brotverkäuferin des kleinen Backshops im Edeka-Markt und einige Kunden stehen etwas ratlos vor der widerspenstigen Tür. Unter ihren aufmerksamen Blicken bemüht sich ein zufällig vorbei gekommener ADAC-Mann wacker die Tür wieder aufzubekommen.

Der „Gelbe Engel" scheint zu wissen, was er tut. Als er etwas höher stehen möchte, stellt ihm der Zeitungsbote, der gerade einen Stapel Zeitungen anliefert, den Stapel kurz entschlossen zur Verfügung, damit er auch an den oberen Bereich der Tür herankommen kann. Mit langen Drähten versucht er in den Eingeweiden der Mechanik etwas zu erreichen.

Ratlosigkeit kommt auf. Die Tür leistet weiter Widerstand. Der Fachmann blättert in seinen Unterlagen. Die Dame vom Verkauf telefoniert ausgiebig mit ihrem Handy.

Da erscheint ein rotes Auto mit einem weiteren Handwerker, zumindest hat er jede Menge Werkzeug in seinem Auto mitgebracht. Unter den aufmerksamen Blicken der Umstehenden macht er sich am Schloss an der Wand zu schaffen. Einige Drähte kommen zum Vorschein. Es scheint sich um einen Elektriker zu handeln, und er macht einen kompetenten Eindruck.

Geduldig warten Verkäuferin und Kunden. Der Mann aus dem roten Auto fummelt noch etwas an dem Schloss herum und plötzlich die große Überraschung: Langsam öffnet sich die widerspenstige Tür. Alles freut sich. Erleichtert fällt die Brotverkäuferin dem Handwerker um den Hals.

Nur der ‚Gelbe Engel' macht einen etwas frustrierten Eindruck. Er packt wortlos seine Siebensachen, schwingt sich in sein gelbes Auto und fährt davon…

18. Ein Schlag ins Gesicht.

Martha hatte ihren Enkel Rudi aufwachsen sehen. Jetzt war er ein junger Mann und lebte mit einer Freundin zusammen. Sicher gab es bald eine tolle Hochzeitsfeier. Und worauf Martha besonders hoffte: Dann würde sie auch noch Urgroßmutter. Das schaffte schließlich so schnell keine.

Und nun war plötzlich alles aus – die schönen Träume zerplatzt. Die Freundin hatte ihren Rudi verlassen. Nichts war es mit der Hochzeit und dem Urenkelkind.

Rudi besuchte seine Oma, um ihr alles zu erklären. „Omi, wir passten einfach nicht zueinander. Da ist es doch besser, man trennt sich beizeiten. Außerdem habe ich mich schon getröstet. Jetzt wohnt ein Mann bei mir. Und er schläft sogar in meinem Bett."

Martha sackte auf ihrem Stuhl zusammen. Das war ein Schlag ins Gesicht. Nie würde sie seine Hochzeit erleben, nie ein Urenkelchen in den Armen halten.

Sie sah Rudi verzweifelt an. „Bist du sicher, dass dir ein solches Leben gefällt?"

Rudi nahm sie in den Arm. Er wollte sie nicht länger zappeln lassen. „Aber Omi, was denkst du von mir. – Ich kann gar nichts dafür. Man hat mir den kleinen Kerl geschenkt. Bei Moritz handelt es sich nämlich um einen äußerst frechen Kater."

19. Ärger im Bus

Hubert saß in seinem Rollstuhl an der Bushaltestelle. Es nieselte. Der Bus hatte Verspätung, was seine Laune nicht gerade verbesserte. Endlich kam der Bus. Aber der Fahrer weigerte sich für ihn die Rampe an dem Bus auszuklappen und auch von den Insassen des Busses machte keiner Anstalten, ihm in seiner misslichen Lage zu helfen. Leicht verdattert stand Hubert mit seinem elektrischen Rollstuhl vor der hinteren Tür des Busses.

Ein gefundenes Fressen für Maria, die schon im Bus stand. Endlich konnte sie ihrem „Berliner Charme" freien Lauf lassen, ohne anzuecken. Denn sie war im Recht !

Sie knöpfte sich den bockigen Fahrer auch gleich vor. Unter anderem beschuldigte sie ihn, einen Behinderten zu missachten und drohte mit einer Dienstaufsichtsbeschwerde.

Die übrigen Insassen wurden aufmerksam und pflichteten ihr mit lauten Zurufen bei.

Der in die Enge getriebene Mann bekam einen roten Kopf und verwechselte vor Aufregung die verschiedenen Knöpfe seines Schaltpultes. Die hintere Tür schloss sich wieder und das Protestgeschrei erhob sich erneut.

Lynch-Justiz lag in der Luft.

Schließlich raffte sich der Fahrer auf, verließ seinen Sitz, klappte die Rampe aus und nahm Hubert über die Rampe an Bord.

Als Hubert den Bus an seinem Ziel verließ, zischte ihn der total genervte Fahrer an: „Dich nehm ich nie wieder mit!"

20. Wir sind alle schon mal was gewesen

Da sitzt er nun, der alte Mann, in seinem Rollstuhl an der Ecke zum Einkaufszentrum und betrachtet das vorüber ziehende Leben. Auf dem Kopf trägt er eine Art Cowboy-Hut aus Leder und im Mund steckt ein Zigarillo. Manche behaupten, er hätte seine Karriere als Nebendarsteller im Western „Um zwölf Uhr Mittags" mit Gary Cooper und John Wayne begonnen.

Das war früher einmal anders.

Zu seiner Zeit als Croupier und professioneller Spieler war er eine internationale Größe, mit weiten Reisen und weltweiten Verbindungen. Mit so manchen Prominenten hatte er auf Du und Du gestanden. Der eine oder andere wohlhabende Amerikaner hatte ihn sogar über den Atlantik einfliegen lassen, damit er an dessen Stelle bei einem Poker-Turnier antrat.

Einem bekannten Herrenmagazin war er einen Artikel über zwei Seiten wert gewesen. Der Kenner weiß, dass in dieser Illustrierten nicht nur schöne Frauen zu bewundern sind, sondern auch sehr gut recherchierte und mitunter wunderbar geschriebene Artikel einen festen Platz darin haben. So mancher Prominente wäre froh, da einmal erwähnt zu werden.

Stolz hat der alte Mann diesen Bericht dem einen oder anderen einmal gezeigt.

Wie dem auch sei, eine schwere Krankheit zwang ihn schon vor etlichen Jahren sein Pferd endgültig im Mietsstall unterzubringen und gegen einen Rollstuhl einzutauschen.

Wie er so an der Ecke sitzt – „muy macho" – mit dem Zigarillo lässig im Mund, das Glas Whisky in der Hand gegen einen „Coffee to go" ausgetauscht, über die Knien eine Decke mit Schottenmuster, strahlt er trotz allem irgendwie die Aura eines gealterten Westernhelden aus. Gut vorstellbar, dass er unter seiner Decke einen scharfen Revolver verbirgt.

Sicher fährt er irgendwann mit seinem Rollstuhl in die untergehende Sonne - in eine bessere Welt, so wie Lucky Luke, der Cowboy, der schneller schoss als sein Schatten.

21. Wildschweine auf Abenteuerurlaub

Einer Gruppe Wildsäue war es im Wald zu langweilig. Sie machten sich zu viert auf den Weg in die Stadt Laken. Die Vorgärten waren doch zu verführerisch. Genüsslich machte man sich nach der Art der Wildsäue daran, die Gegend einmal gründlich durchzupflügen. Die verängstigten Einwohner riefen die Polizei. Als die Herren Ordnungshüter mit Blaulicht und Marrtinshorn anrückten, ergriffen drei Säue die Flucht nach vorn – zurück in den Wald. Es hatte sich offensichtlich in Wildschweinkreisen herumgesprochen, dass mit Uniformierten, seien es Jäger oder Polizisten, nicht gut Kirschen essen war.

Der Keiler hielt sich für besonders schlau und sauste durch die offene Tür in eine Kirche. Er hatte einmal etwas von Kirchenasyl gehört – im Gegensatz zu den Polizisten, die dies für Keiler offensichtlich nicht gelten lassen wollten. Da sah der Schwarzkittel einen offenen Nebenausgang. Kurz entschlossen stürmte er ins Freie und eilte über den Parkplatz eines Baumarkts, geschickt immer wieder geparkte Autos als Deckung nutzend. Im Eingangsbereich öffneten sich die automatischen Türen von selbst. Ahhh – endlich einmal eine sinnvolle Aufgabe. Mit Begeisterung widmete sich der Keiler der Herausforderung. Mit seiner großen Schnauze räumte er den Inhalt der untersten Regale auf den Betriebsweg.

Ausgerechnet als der Keiler seine Kontrollaktion startete, hatte sich ein Verkäufer in einer versteckten Ecke zwischen zwei Regalen verkrochen. Er hatte so furchtbaren Durst und die volle Bierflasche gerade angesetzt, als der Keiler um die Ecke bog. Vor Schreck fiel dem armen Mann die Flasche aus der Hand und zerschellte am Fußboden.

Der Keiler zuckte kurz zurück, hatte aber wohl durch die Aufregungen besonders großen Durst und machte sich über das vergossene Bier her. Es schmeckte ihm ausgezeichnet. Allerdings lenkte ihn der genossene Alkohol etwas ab und machte ihn unvorsichtig.

Im Bereich der Kassen hatte sich der von der Polizei gerufene Jäger auf die Lauer gelegt. Als der Keiler gemütlich in Richtung Ausgang trödelte, schickte ihn der Jäger mit einem gut gezielten Schuss in den Wildschweinhimmel.

Die verängstigten Verkäufer und Verkäuferinnen trauten sich wieder aus ihren Verstecken und erzählten sich gegenseitig alle möglichen Geschichten über Begegnungen mit Wildschweinen. Nur der immer noch durstige Kollege mit der Bierflasche hielt sich auffallend zurück.

22. Wildwest im Naturschutzgebiet

Vergangenen Freitagnachmittag war im Naturschutzgebiet Höltigbaum der Teufel, nein eine Herde Rinder los. So zehn / zwölf der schwarzen Galloway-Rinder waren durch ein offenes Gatter ausgebüxt. Vermutlich hatte der Baggerführer, der einige Tage zuvor dort ein Loch ausgehoben hatte, vergessen, das Tor abzuschließen und irgendein nichtsnutziger Zeitgenosse hatte sich einen Spaß daraus gemacht, das Gatter offen stehen zu lassen. Es war ein wunderschöner Herbsttag, als Herbert vorbei kam. Die Rinder hatten sich schon am Hang des nahe gelegenen Autobahnzubringers breit gemacht und knabberten an den Zweigen. Was sollte er tun? So konnte es nicht weiter gehen. Nicht auszudenken, wenn so ein Rindvieh auf die Straße vor ein Auto lief – das gäbe sicher einen schweren Unfall... Ausgerechnet jetzt hatte Herbert sein Handy vergessen, sonst hätte er schnell die freundlichen Herrschaften von der Polizei herbei rufen können...

Also ging er auf die Straße zurück, in der Absicht einen Fußgänger mit Handy aufzuspüren... Da kam ihm auch schon eine Dame mittleren Alters entgegen. Herbert berichtete von seinem Dilemma und wie der Zufall mitunter so spielt, stellte sich heraus, dass sie Mitglied in dem Verein war, der das Naturschutzgebiet und damit auch die freundlichen Rinder betreute. Sie hatte sogar einen passenden Schlüssel für das Gatter in der Tasche.

Die beiden hielten kurz Kriegsrat und waren sich einig, dass keine Zeit zu verlieren war. Also beschlossen die freundliche Dame und Herbert, zunächst einmal allein zu versuchen die Tiere zurück auf die Weide zu scheuchen. Auf die Frage Herberts, ob sie sich denn mit den Galloways auskenne, meinte die Dame, theoretisch ja, man müsse nur entschlossen genug auftreten.

Alles klar. Das war wenigstens ein Anhaltspunkt. Sie gingen also ein paar Schritte zurück, als ihnen die Rinder schon aus einem

Seitenweg entgegen kamen. Offensichtlich hatten sie sich entschlossen, auf die naheliegende Kreuzung zu marschieren, um sich etwas in der Umgebung umzutun. Irgendwie auch verständlich, denn auf ihrer Weide waren die wohlschmeckenden Gräser längst abgeweidet, schließlich standen sie schon einige Monate auf der Wiese. Das vertrocknete, vom vorigen Jahr übrig gebliebene Gras war sicher nicht sonderlich schmackhaft.

Laut rufend und die Arme schwenkend gingen die beiden auf die zotteligen Riesen los, die vollkommen verblüfft tatsächlich kehrt machten. Einmal auf dem Weg ließen sie sich auch ohne größeren Widerstand durch das Gatter zurück auf die Weide treiben.

So weit so gut. Die Galloways waren also wieder auf ihrer Wiese. Einzig, ein Jungrind vom letzten Jahr hatte wohl die Orientierung verloren und lief an dem Gatter vorbei am Zaun entlang Richtung Autobahnzubringer…

Herbert blieb nichts anderes übrig, als sich durch das Gatter zwischen die neugierigen Rinder auf der Weide zu begeben, um zu versuchen den Flüchtling zu überholen und dann wieder zurück zum Gatter zu treiben. Klappte auch ganz gut. Allerdings rannte die komplette Herde mit. Man wollte sich wohl nicht entgehen lassen, was das nun wieder bedeuteten sollte. Herbert kannten sie ja schon von dessen täglichen Spaziergängen, die mitunter auch mitten durch die Herde führten, allerdings mit gebührendem Abstand. Die freundliche Dame blieb beim Gatter stehen, um den Flüchtling abzufangen.

Der Jüngling außerhalb des Zauns beruhigte sich beim Anblick seiner Familie wieder und Herbert konnte ihn überholen, denn so ein Rind im Galopp kann niemand einholen, geschweige denn überholen…

Er blieb also kurz stehen, um etwas Luft zu holen. Durch das Rennen auf der unebenen Wiese war er außer Atem gekommen. Da hörte er hinter sich ein Scharren, drehte sich um und sah den zotteligen Bullen in zwei Meter Entfernung mit den Vorderhufen scharren… Oha – Erinnerungen an Stierkämpfe im spanischen Fernsehen schossen ihm durch den Kopf – da scharrten die „Toros" (Stiere) auch immer kurz mit den Vorderhufen, bevor sie auf den Torero los gingen… So ein „Sch…". Er versuchte ruhig zu bleiben. - Was hatte die freundliche Dame gesagt, man müsse entschlossen und energisch auftreten…?

Also macht Herbert einen Schritt nach vorn und fährt den Dicken energisch an: „Hör sofort damit auf! Aus!"

Und tatsächlich, es war wohl das Wörtchen „Aus", das wirkte schon bei Fiete seinem Zwergdackel….

Der Bulle nahm den Kopf wieder hoch und trat einen Schritt beiseite. Das bedeutete wohl, „Freundschaft".

Wahrscheinlich wollte er sich nur gegenüber seinen Damen wichtig machen und meinte es gar nicht so. Schließlich kannte man sich ja schon aus der Entfernung.

So hatte sich die Situation unversehens beruhigt. Der Ausreißer außerhalb des Zauns trottete gemütlich Richtung Gatter, eskortiert von seiner Familie innerhalb des Zauns. Herbert krabbelte über den Zaun und folgte dem Ausreißer. Die freundliche Dame wartete am Eingang zur Weide, um ihn wieder zu seiner Familie zu lassen.

Und was machte der Dussel? Er beschleunigte seine Schritte und sauste an Dame und Gatter vorbei. Nee – er wollte noch nicht zurück, sondern weiter die Umgebung erkunden. Aus seiner Sicht konnte ihm nichts passieren. Die Familie war in der Nähe, die Rinder folgten ihm innerhalb des Zauns und den Menschen hinter sich hatte er schon einmal abgehängt…

Inzwischen konnte Herbert ihn aber unbemerkt überholen. Von Herberts Anblick völlig überrascht, rannte der Ausbrecher Richtung Herde, wurde aber von dem Elektrozaun aufgehalten. Verwirrt lief er an dem Zaun hin und her. Herbert hielt Abstand.

Da näherte sich ein Paar. Herbert erklärte ihnen die Sachlage und der Mann war bereit zu helfen. Der Ausreißer blieb beim Anblick des zweiten Gegners vollkommen ratlos stehen. Dann hatte er offensichtlich eine Eingebung.

Kurz entschlossen zwängte er sich zwischen zwei Drähten des Zaunes durch und war zurück bei seiner Familie. Er hatte genug von den Aufregungen …

23. Der clevere Schwarzkittel

Wildschweine suchen immer häufiger die Nähe zum Menschen. So geschah es letzte Woche wieder in einem kleinen Dorf in Schleswig-Holstein. Ein ausgewachsenes Wildschwein machte mal wieder einen Inspektionsgang durch die Siedlung auf der Suche nach etwas Nahrhaftem. Eine Tür stand offen und der Schwarzkittel nahm die Gelegenheit wahr, sich in dem Gebäude etwas umzusehen.

Das Schwein hatte allerdings Pech. Erstens fiel die Tür hinter ihm zu, zweitens alarmierte der Hausbesitzer einen Jäger, um die wilde Sau in den Schweinehimmel zu befördern.

Irgendwie kam dem Schwein die ganze Sache wohl etwas merkwürdig vor. Es verhielt sich ausgesprochen ruhig und versteckte sich hinter der Eingangstür, anstatt das Haus zu durchwühlen.

Als der alarmierte Jäger nichtsahnend die Eingangstür öffnete, sauste das kluge Wildschwein an dem Überraschten vorbei in die Freiheit.

Hermann Ays

Hein Daddel in memoriam

72 Seiten

ISBN – 9 783848 222872

Es handelt sich um Seefahrergeschichten, die das Leben schrieb aus einer Zeit, die mit dem Verschwinden der konventionellen Stückgutfrachter und dem technischen Fortschritt unwiederbringlich zu Ende ging.

Es verschwanden viele Berufe, an Bord und an Land und mit den Menschen eine ganze Kultur. Es verschwand auch so manche Institution, wie zum Beispiel die Funkstation „Norddeich-Radio" und mit ihr der Funker an Bord.

Hermann Ays

Der hl. Fridolin und seine Zeit

(464-538 n.Chr.)

168 Seiten

ISBN: 9783842312746

Kurze Inhaltsangabe

Vieles bleibt Spekulation, bedingt durch den langen Zeitraum, der seit dem Leben des Hl. Fridolin vergangen ist, bleibt im Ungefähren, im Nebel der Vergangenheit, wenn auch versucht wurde, Hinweise zu konkretisieren, beziehungsweise von den bekannten allgemeinen Verhältnissen der damaligen Zeit her, zu begründen.

Der Hl.Fridolin war nicht nur ein frommer Heiliger, sondern auch ein Mensch von ungewöhnlicher Tatkraft, wie die vielen Kirchen und Klöster, die auf ihn zurückgehen, zeigen. Dargestellt wird in dem Buch die Abstammung Fridolins, sein Leben und Wirken in Irland, seine Wanderung nach Poitiers im heutigen Frankreich und die Suche nach der Säckinger Rheininsel. Wie die Überlieferung berichtet, hatte der Hl.Fridolin in einer Vision die Rheininsel als Kern seiner Missionsarbeit gesehen. Möglicherweise aber hat er die Rheininsel gesucht, weil der Hl.Martin (316-397) dort einige Zeit gelebt und auch der von ihm hochverehrte Hl.Hilarius (315-367) sich einmal auf der Insel aufgehalten hatte. Ebenso gehört zu diesem Buch Fridolins Aufenthalt und Wirken in Säckingen bis zu seinem Tod.

An den Bericht über die Herkunft Fridolins schließt sich ein kurzer Überblick über die Geschichte Irlands und über die dort zur Zeit Fridolins herrschenden Sitten und Gebräuche an. Schon lange vor Fridolin bestand in Irland eine ‚keltische Kirche‘, die vermutlich direkt ohne Einfluss der römisch / katholischen Kirche entstanden war und auf den Apostel Jakobus d. Älteren zurück gehen könnte – auf dem Umweg über Spanien.....

Fridolin lebte nicht im luftleeren Raum, sondern in der keltischen Tradition Irlands und wirkte später im Reich der Franken. Hoch gebildet, ein großer Redner und sich seiner hohen Herkunft bewusst, hatte er zu den wichtigen Herrschern seiner Zeit guten Kontakt. Er könnte ein Sohn des irischen Großkönigs Leogaire, des Sohnes und Nachfolgers des Königs Niall Noigiallach, des Begründers der irischen Königsdynastie der Ui Niall gewesen sein.

Auch eine uralte, irische Sage, die Rudolf Thurneysen überliefert hat, könnte auf das Wirken Fridolins in Irland zurückgehen. Es handelt sich dabei um die jüngste Version der

St.Brendan-Sage, als deren Verfasser der irische Dichter und Abt-Bischof von Kerry, St.Brendan. (484-578) gilt. Eine Gestalt in der Sage, der ältere Brendan von Birr, mit dem Beinamen ‚Siegeskraft des Herrschertums' könnte auf Fridolin und seine überraschende Abreise zurückgehen. (Seite 18 ff)

In Poitiers baute er, mit Unterstützung des fränkischen Königs Chlodwig, das zerstörte Heiligtum des Hl.Hilarius wieder auf und predigte gegen die Irrlehre des ‚Arianismus', die zu seiner Zeit viele Anhänger unter den herrschenden Eliten hatte. Die damals in Gallien (Frankreich) herrschenden West-Goten waren in ihrer Mehrzahl Arianer, im Gegensatz zu der ansässigen, katholischen Urbevölkerung.

Auch Poitiers lag auf dem Gebiet der West-Goten, aber ihr Einfluss war zu Fridolins Zeit sehr gering. Die in Nordfrankreich herrschenden Franken förderten im Grenzgebiet die katholischen Einwohner gegen die herrschenden arianischen Westgoten nach Kräften und diese waren zu schwach um dagegen vorzugehen. Bevor es aber zu ernsthaften Auseinandersetzungen kam, war Fridolin schon weiter gezogen.

Vielleicht ist dies auch eine Erklärung für die Bereitschaft des damals noch heidnischen Königs Chlodwig, Fridolin so großzügig zu unterstützen.

Eine Liste aus dem 19.Jahrhundert, der ihm (Fridolin) oder dem Hl.Hilarius geweihten Kirchen, Kapellen und Plätze lässt den Weg seiner Wanderung nachvollziehen. Der Wert dieser Liste liegt sicher in ihrem Alter, denn in der Zwischenzeit sind so manche Kapelle oder Platz verschwunden, beziehungsweise in Vergessenheit geraten.

Auf seiner Wanderung kam Fridolin auch nach Chur am Rhein in der Schweiz, wo er Näheres über die von ihm gesuchte Rheininsel erfuhr. Auch hier erbaute er eine Kirche und zog dann möglicherweise über Konstanz, wo das Kloster

‚zu den Schotten' auf ihn zurück gehen könnte, über den Glarus zu der Säckinger Rheininsel.

Der Aufenthalt in Säckingen bis zu seinem Tod ist das Thema im 3.Kapitel. Er wurde nach seiner Ankunft von den Einheimischen vertrieben und nur durch die Unterstützung König Chlodwigs konnte er die Insel in Besitz nehmen. Ein Hinweis aus dem 11.Jahrhundert von Petrus Damiani überliefert den antiken Namen der Säckinger Rheininsel ‚Gallinaria'. Die Insel Gallinaria taucht aber auch in den Lebensbeschreibungen des Hl.Martin und des Hl.Hilarius auf. Es gibt triftige Argumente dafür, dass es sich bei Gallinaria tatsächlich um die Säckinger Insel handelte und dass sich der Hl.Martin als auch der Hl.Hilarius sich auf der Insel aufgehalten haben. Auch die Hl.Verena könnte sich einige Zeit auf der Insel aufgehalten haben.

Diese Tatsachen könnten Fridolins Suche nach eben dieser Rheininsel erklären.

Zusätzlich wird über die mögliche keltische Herkunft des Namens Säckingen berichtet. Die Lebensgeschichten der Heiligen Hilarius und Martin werden kurz gestreift und die überlieferten Taten Fridolins sein Tod in Säckingen und einige auf ihn zurückgehende Anordnungen und ihre Auswirkungen im Laufe der Jahrhunderte beschrieben.

Das 4.Kapitel ist den Wundern an seinem Grab, den Reliquien des Hl.Fridolin und ihrem Verbleib gewidmet. Einiges über die keltisch/irsische Kirche schließen das Kapitel ab.

Im 5.Kapitel wird versucht an Hand der dem Hl.Fridolin und seinem Kloster Säckingen verbundenen Ortschaften und Städte das Einflussgebiet des Hl.Fridolin und seiner Mitbrüder abzuschätzen. Eine Aufstellung wichtiger Ereignisse und Entwicklungen in der Kirche, die für Fridolin und die irisch/keltische Kirche von Belang waren, folgen am Ende des Kapitels.

Der Hl.Fridolin war zu seiner Zeit weit fortschrittlicher, als die römische katholische Kirche, der er in Demut angehörte. Das zeigt sich am auffälligsten in seinem Verhalten gegenüber Frauen. In dieser Frage steht er ganz in der Tradition der ‚keltischen Kirche', die von der auf Rom ausgerichteten, katholischen Kirche etwas kritisch betrachtet wurde. Fridolin setzte nämlich in seinem Kloster in Säckingen durch, dass die Äbtissin die Herrschaft in weltlichen und in geistigen Dingen ausübte. Praktisch bedeutete das, dass die gewählte Äbtissin des Stiftes Säckingen die Herrschaft über die zum Kloster gehörenden Ländereien und auch über die geistlichen Herren ausübte. Der prominenteste dieser Chorherren war ein Bruder der schottischen Königin Maria Stuart, der in Säckingen im Stift als geistlicher Beistand diente.

An Hand der vielen Ortschaften, die mit dem Kloster Säckingen in Verbindung standen, der vielen dem Hl.Fridolin geweihten Kirchen und Kapellen und dem mit ihm in Zusammenhang stehenden Brauchtum lässt sich die Ausdehnung seines Missionswerks abschätzen.

Eine Liste aller im Text erwähnten Orte und der wichtigsten Quellen schließen das Buch ab..

.-.